AF690479

भूमिका

जीवन एक निरंतर चलता अनुभव है, जिसमें रोज़मर्रा की छोटी-बड़ी घटनाएँ हमें सीख और नसीहत देती रहती हैं। कहा भी गया है कि यदि मनुष्य केवल अपने ही अनुभवों से सीखना चाहे तो एक जन्म क्या, कई जन्म भी कम पड़ जाएँ। इसलिए बुद्धिमानी इसी में है कि हम दूसरों के अनुभवों और अपने समाज में घटित घटनाओं से शिक्षा लेकर अपने जीवन को दिशा दें।

मेरे सामने भी जीवन के अनेक खट्टे-मीठे प्रसंग आए, जिनमें से कुछ ने हँसाया, कुछ ने रुलाया और कुछ ने गहरा चिंतन करने पर मजबूर किया। इन्हीं अनुभवों और आसपास घटती घटनाओं को मैंने कहानी का रूप दिया है। *"छाबड़ा साहब की कुतिया"* में संकलित ये सोलह कहानियाँ समाज के विभिन्न रंगों और मानवीय व्यवहार की जटिलताओं को उजागर करती हैं। इनमें कभी हास्य है, कभी व्यंग्य, कभी संवेदनशीलता तो कभी कटु सच्चाई का सामना।

सत्संग यदि पूरी श्रद्धा और समर्पण से किया जाए तो व्यक्ति परमात्मा तक पहुँच सकता है, लेकिन कभी-कभी वहाँ भी अनोखे अनुभव सामने आ जाते हैं।

ऐसे ही अनुभवों की झलक आपको *"सत्संग में गफलत"* जैसी कहानियों में मिलेगी। वहीं *"राजू वेटर"*, *"खुद्दार रिक्शे वाला"* या *"दुकान के हिसाब की कॉपी"* जैसे पात्र मेहनतकश जीवन और आत्मसम्मान की मिसाल बनते हैं। *"अनहोनी"* और *"एक कदम और... मौत"* जीवन की अनिश्चितताओं से रूबरू कराते हैं, जबकि *"वाह रे क्रिकेट"* और *"मॉर्निंग मुर्गा"* जैसी रचनाएँ आपको हँसी और हल्के-फुल्के व्यंग्य का आनंद देंगी। *"अखंड भारत"* और *"दादू की दादागिरी"* जैसी कहानियाँ सामाजिक यथार्थ को सामने लाती हैं।

हालाँकि सभी कहानियाँ काल्पनिक हैं, फिर भी इनमें जीवन की सच्चाई इतनी गहराई से झलकती है कि पाठकों को ये अपने ही आसपास घटी घटनाएँ प्रतीत होंगी। यदि कहीं किसी पात्र, स्थान या प्रसंग का साम्य वास्तविकता से मिल जाए तो उसे महज़ संयोग माना जाए।

इस पुस्तक का उद्देश्य केवल मनोरंजन नहीं, बल्कि समाज में अच्छाइयों और गलतियों को पहचान कर उनसे प्रेरणा लेना है। यदि इन कहानियों से कोई पाठक गलतियों से बच सके और अपने जीवन को संवारे, तो यही मेरी लेखनी की सार्थकता होगी।

आपको यह संग्रह पढ़ते हुए न केवल आनंद आएगा, बल्कि यह जीवन के विभिन्न पहलुओं पर सोचने और समझने की प्रेरणा भी देगा–यही मेरी सच्ची अभिलाषा है।

धन्यवाद सहित,

वीरपाल यादव

अनुक्रम

भूमिका

मेरा ये मानना है कि हमारे समाज में हमेशा कुछ न कुछ ऐसा घटित होता रहता है जिसे देख और समझकर हमें नसीहत मिलती है। किसी ने कहा है, "यदि आदमी खुद अनुभव करके सीखना शुरू करे, तो एक जन्म क्या चार जन्म भी कम पड़ेंगे। इसलिए मनुष्य हमेशा दूसरों के अनुभव से और अपने समाज में आसपास जो हो रहा है उसे देख कर अपना जीवन सुचारू रूप से चलाता है।" सत्संग यदि पूर्ण समर्पण से किया जाए तो या परमात्मा मिल सकता है या कुछ खट्टा मीठा अनुभव भी हो सकता है। मेरे भी कुछ खट्टे मीठे अनुभव इस पुस्तक में संकलित हैं। आसपास हो रही सारी घटनाओं को हम देखते रहते हैं। मैंने उन्हीं घटनाओं को कहानी के रूप में लिपिबद्ध किया है। कहानियों से हमें लोगों द्वारा की गई अच्छाइयों और गलतियों के बारे में

पता चलता है। यदि इन गलतियों को दोहराया न जाए, जीवन को संवारा जा सकता है। आदर्श जीवन जिया सकता है । यद्यपि सभी कहानियां काल्पनिक हैं तथापि कोई संबंध पाया जाता है तो मात्र एक संयोग माना जाएगा। फिर भी पढ़ने में आपको बहुत मजा आएगा क्योंकि सभी कहानियां काल्पनिक होते हुए भी सच्चाई के काफी करीब हैं

धन्यवाद सहित

सत्संग में गफलत - एक कहानी संग्रह

पूजनीय माता और पिता जी को समर्पित जिनसे हमेशा लिखने का प्रोत्साहन मिला

1-सत्संग में गफलत

यात्रायें तो बहुत कीं पर जो आनंद किसी सत्संग में आता है । शायद ही कहीं आता हो क्योंकि सत्संग में एक तो यात्रा की यात्रा हो जाती है दूसरे सत्संग भी। आजकल पूरे भारत में सत्संग की भरमार है । जितने पूरी दुनिया में धर्म नहीं उससे ज्यादा तो भारत में बाबाओं के सत्संग होते हैं। इनके खुद का पूरा एक धर्म होता है, इनके धर्म जैसे ही नियम इत्यादि होते हैं । इनका अलग पहिनावा होता है। इन बाबाओं के पास अपार धन के साथ-साथ मैनेजमेंट भी बहुत उच्च कोटि का होता है।

देश में सत्संग का व्यापार कुछ समय से अच्छी तरह फल फूल रहा है। इन सत्संगो की प्रमुख लक्ष्य महिलाएं होती हैं, क्योंकि महिलाएं अक्सर जादू टोना, कृपा और बाबाओं के आशीर्वाद पर अंधविश्वास करती हैं । इसी अंधविश्वास के चक्कर में गृहस्वामिनी द्वारा मेरे ऊपर काफी दिनों से दबाव बनाया जा रहा था । अलग-अलग तरीकों से मेरा ब्रेनवाश किया जा रहा था। बाबा जी की अलौकिक कथाओं से मेरी

आधुनिक सोच पर कुठाराघात किया जा रहा था। अंततः मैंने बाबा जी के प्रभाव में ना आकर बस ग्रह शांति के लिए सत्संग में जाने का निर्णय लिया।

एक तो आजकल ट्रेनों में रिजर्वेशन मिलना बहुत मुश्किल हो गया है। इस रिजर्वेशन ने पूरे देश की दुर्दशा ही कर रखी है। रिजर्वेशन के पक्ष विपक्ष में इतने तर्क हैं कि सही या गलत साबित करना लगभग असंभव है। खैर हमें क्या, हमें कौन सा इससे लाभ या हानि हुई जो मैं इसके बारे में बात करूं। मैं तो ट्रेन में बैठने के लिए आवश्यक रिजर्वेशन की बात रहा हूँ। भारतीय रेल पर जनसंख्या के अतिदबाब ने तत्काल जैसी सुविधाओं को भी बेकार कर दिया है। हमने फिर भी जुगाड़ करके एक स्पेशल ट्रेन में रिजर्वेशन करवा लिया। यात्रा के दिन हम तय समय पर स्टेशन के लिए निकले। मेरे साथ आस पास के और भी कई सत्संगी स्टेशन पर मिल गए, जिनमें से एक हमारे पड़ोसी भाई साहब थे। उन्हें सपत्नीक स्टेशन पर देखकर हमें थोड़ा आश्चर्य तो हुआ क्योंकि भाई साहब जाएं और निर्विवाद लौटकर घर वापस आ जाएं यह सोचना भी संभव नहीं था।

स्टेशन पर पहुंचकर सबसे पहले तो यह हुड़दंग रहा कि किस प्लेटफार्म पर ट्रेन आएगी। रेलवे द्वारा लगाई गई डिस्प्ले बोर्ड के अनुसार

गाड़ी प्लेटफार्म नंबर दो पर आएगी पर जो महानुभाव, भाई साहब साथ में थे उनके अनुसार-" कभी-कभी ट्रेन प्लेटफार्म नंबर तीन पर भी आ चुकी है। प्लेटफार्म का नाम ट्रेन के आने की थोड़ी देर पहले ही अनाउंस किया गया था।" अब पता नहीं इस बात में कितनी सच्चाई थी पर उनकी इस बात से लोग, दो दलों में बट गए । कुछ लोग उनके समर्थक थे, प्लेटफॉर्म नंबर तीन पर विराजमान हो गए। और कुछ प्लेटफार्म नंबर दो पर।

एक सबसे बड़ी समस्या पैदा हो गई कि भाई साहब का टिकट हम ने ही करवाया था। सो अब ट्रेन के परिचालन, चालन से लेकर पूरे रेल विभाग ,रेल मंत्रालय तक का पूरा जिम्मा भी मेरे ही सर था । एक-एक मिनट बाद प्लेटफार्म नंबर तीन से फोन आता था,-"ट्रेन अब तक क्यों नहीं आई। कब आएगी , लगता है गलत रिजर्वेशन करवा दिया। यह ट्रेन आज आती भी है या नहीं। रेल विभाग ट्रेनों को इतना लेट क्यों कर देता है । रेलवे कर्मचारी इतने लापरवाह क्यों हैं । ट्रेन और लेट हुई तो मैं घर लौट जाऊंगा और टिकट के पूरे पैसे तुमसे वसूलूंगा ।" इस तरह के और न जाने कितने प्रश्न जिनका मेरे लिए उत्तर देना संभव नहीं हो पा रहा था।

आखिरकार 2 घंटे की देरी से ट्रेन प्लेटफार्म नंबर दो पर आई और हम लोग सुरक्षित सवार हो गए। सही डिब्बे में चढ़ने के कारण सीट खोजने में असुविधा नहीं हुई पर भाई साहब का कहीं अता-पता नहीं था।

ट्रेन चल दी, पर मुझे अब यात्रा करने में उत्साह नहीं रह गया था और सत्संग का शौक तो पहले से ही नहीं था। पत्नी से व्यंग्य के अंदाज में कहा-" कहो अब चैन पड़ गया कि नहीं। यदि भाई साहब ट्रेन में ना बैठ पाए होंगे तो टिकट के पैसे वापस तो करने ही पड़ेंगे और गालियां कितनी खानी पड़ेंगी सो अलग।" पर यहां तो मैडम का तरकश कभी खाली रहता नहीं , तपाक से बोलीं -"मैंने कब कहा था पूरे गांव की टिकट तुम ही बुक करो । बहुत रोका था की कह दो, कहीं जन सेवा केंद्र या स्टेशन जाकर करवा लें पर तुम्हें तो दूल्हे की मौसी बनने का शौक चर्राया हुआ था। अब भुगतो।"

थोड़ी देर में इसी ग्रुप का एक सदस्य चिल्लाते हुए आया, " कैसी ट्रेन में रिजर्वेशन करवा दिया। इसमें पानी ही नहीं आ रहा है। लैट्रिन में इतनी देर बैठकर बिना पानी इस्तेमाल किए ही आ गया हूँ।" उनकी इस घिनौनी सत्यवादिता पर हर कोई घिन से भरी हंसी हंस पड़ा। सहयात्री जो पिछले स्टेशन से चढ़े थे, बोले " भाई साहब ये स्पेशल ट्रेन है इसमें पानी

और बिजली तब आती है जब ट्रेन चलती है , अन्यथा न आप फोन चार्ज कर सकते हैं, न पंखा चलेगा और न लैट्रिन बाथरूम का इस्तेमाल कर सकते हैं। मैं स्वयं पिछले स्टेशन पर दो घंटे लैट्रिन में बंद रह के आया हूं। ये ट्रेन इतनी स्पेशल है कि कितनी ही देर तक किसी भी स्टेशन पर या स्टेशन के बाहर खड़ी रह सकती है।"

जब ट्रेन दो-तीन स्टेशन निकल गई, तो भाई साहब और उनकी पार्टी के लोग गिरते-पड़ते पसीने में नहाए हुए डिब्बे में प्रकट हुए। अब चूंकि प्लेटफार्म नंबर तीन पर जाना उनका ही निर्णय था। इसलिए मुझे तो कुछ नहीं कह पाए पर रेल विभाग की कई बार ऐसी की तैसी की।

सीट को लेकर विवाद इस कदर बढ़ा कि मार तोड़ की नौबत आ गई। भाई साहब के लेट होने पर उनकी सीट पर कुछ बिना टिकट लोग जम चुके थे। जो अब सीट छोड़ने में अपनी तौहीन समझते थे। इधर भाई साहब भी गर्म खून के। मामला बिगड़ते बिगड़ते बचा । खैर सीट वाला मामला सुलझा या यूं कहो दूसरा कांड होने की वजह से जल्दी सुलझ गया।

दूसरा कांड यह हुआ कि इसी ग्रुप में एक चुन्नीलाल नाम का आदमी भी सत्संग में जा रहा था। जा क्या रहा था ले जाया

जा रहा था। हमारे सत्संग सेंटर के इंचार्ज साहब इस बात में भरोसा रखते हैं, कि किसी भी प्रकार आप, 'लोगों को' बाबा जी का सत्संग सुनाओ, वहां तक पहुंचाओ, परमात्मा की भक्ति में जोड़ो, उसका प्रतिफल भेजने वाले को भी मिलता है।

सो चुन्नीलाल को भी रोशन लालजी के खर्चे पर जबरदस्ती भेजा जा रहा था। जो आदमी अपनी सगी, खुद की पैदा की हुई औलाद को एक एक रूपए के लिए दुःखी कर देता हो, उसे कोई यात्रा करना कितना चुभ रहा था ये तो उसका कृपण अंतर्मन ही जानता था। जबकि इस यात्रा में उसका कोई रुपया खर्च नहीं हो रहा था। मुफ्त की यात्रा भी उसे इस कदर कष्टप्रद थी कि यदि कोई उसे यात्रा से मुक्त कर सकता तो वह सहर्ष वापस जाना स्वीकार कर लेता। दिनभर लोगों की व्यर्थ निंदा करना, इस घर से उस घर तक जाकर गप्प लड़ाना, चुगलीबाजी करना, महिलाओं के पिछवाड़े ताकने जैसे अतिमहत्वपूर्ण कार्यों को त्यागकर सत्संग सुनना शायद अधिक कष्टप्रद और घाटे का सौदा रहा होगा। चुन्नीलाल जी सीट पर न बैठकर, खिड़की पर ठंडी-ठंडी हवा ले रहे थे। इतने में ट्रेन धीरे होने पर चोर उनका फोन छीनकर भाग गया। एक तो वे खुद नहीं आए थे, भेजे गए थे। तो उनका गुस्सा चरम पर था उधर उनका सत्संग के चक्कर में फोन लुट गया। फोन तो सादा बटन वाला था ,पर भाई साहब दूसरे के

भेजे हुए थे। इसलिए ज्यादा शोर शराबा कर रहे थे। उनके शोर शराबे में लोग सीट वाला मामला भूल गए । इतने सारे उपद्रव हो चुके हैं ,अभी तक हम लोग सत्संग में नहीं पहुंचे। ट्रेन, रात भर बिना कुछ पूछे बताए बस भागमभाग लगाए रही। जैसे इन कुछ मजबूरी के, कुछ पब्री के आगे विवश और कुछ अंधभक्ति में अंधे सत्संगियों को सत्संग में पहुंचाने की जिम्मेदारी ने उसे भी अंधा कर दिया हो।

हम लोग अगले दिन सुबह सत्संग में पहुंच गए। सत्संग क्या वहां तो यह लगता था जैसे साक्षात स्वर्ग यहीं हो । चारों तरफ सुंदर-सुंदर क्रमबद्ध पेड़, बड़े-बड़े घास के बगीचे, चौड़ी सड़कें। जिन पर कहीं भी गड्ढा या गंदगी नहीं। न ही कहीं जल भराव, एकदम चमाचम। पूरे सेंटर में कहीं धूल का कण दिखाई न दे ।हर जगह घास और फुलवारी लगी हुई थी। लग रहा था जैसे कोई सपना देख रहे हों। जहां पूरे देश में अव्यवस्थाओं का अंबार लगा हो, वहीं इसी देश के अंदर कोई संस्था इतने सुचारू रूप से मैनेजमेंट कैसे कर सकती है। जो लोग यहां आते हैं वे कोई स्वर्ग से उतरे अप्सरे या अप्सराएं तो नहीं होंगे। यही लोग अपने सामान्य जीवन में कितने निर्लज्ज होते हैं कि घर के बाहर रखे कूड़े को भी पड़ोसी की जिम्मेदारी समझकर गंदगी फैलाते हैं। देश में कहीं छोटे से छोटे प्रोग्राम

में जहां दो चार सौ लोग इकट्ठे हो रहे हों । वहां भी पुलिस व्यवस्था न संभाले तो भगदड़ हो जाती है और लोग दब कर मर जाते हैं। यहां लाखों लोग बिना किसी धक्का मुक्की के , बिना भगदड़ के, बिना एक दूसरे को छुए भी चले जा रहे हैं। यहां न किसी महिला को किसी पुरुष से खतरा है, न कोई चोरी छिनौती की चिंता। जिसे जहां जगह मिल रही है वहीं अपना सामान रख देता है और यूं ही छोड़ कर नहाने, खाने या सत्संग के लिए चला जाता है। वापस आने पर उसे उसका सामान जैसे का तैसा ही रखा मिलता है। कोई किसी का सामान छूना तो दूर बुरी नजर से देखता भी नहीं। ये लोग इतने सभ्य और धर्मात्मा कैसे हो गए , वैज्ञानिक खोज का विषय है। इन लोगों को प्रयोगशालाओं में रखकर इन पर अध्ययन किया जाना चाहिए। इनका वाकई धर्म परिवर्तन ही हो गया। ये अपने चोरी, ठगी, लूट, शील भंग, और महिलाओं को कुदृष्टि जैसे मूल कार्यों से विरत हो गए हैं। मुझे लगता है सत्संग वाले बाबाजी पर इन लोगों के मन परिवर्तन के लिए मुकदमा चलाया जाना चाहिए। अगर दुनिया में सभी लोग इस तरह के हो गए तो करोड़ों लोग जैसे कि पुलिस, अदालतें, और इनके साए में पलने वाले भ्रष्टाचारी बेरोजगार हो जाएंगे।

लंगर का विशाल पंडाल अलग जहां लाखों लोग एक बार में बिना लूटमार और छीना झपटी के भोजन कर रहे हैं। लंगर में इतनी भीड़ होने के बावजूद कोई अव्यवस्था नहीं सब लोग अपनी-अपनी थाली लेकर क्रमशः बैठ जाते और बैठते ही भोजन आ जाता। लग रहा था जैसे सब कुछ यंत्रवत चल रहा हो। एक भी आदमी भूखा नहीं रह सकता था। न हीं भोजन बर्बाद होने का कोई नामोनिशान था। सभी बिना बताए ही नियमों का पालन कर रहे थे। यहां लाखों लोगों का खाना इतने सुचारू रूप से बिना भगदड़ के खिलाया जा रहा था। जबकि घर पर 200 लोगों के भोजन में भी किसी को पूडी नहीं मिलती, किसी को पानी।

लंगर के बाद सब लोग बड़े-बड़े टीन शेड में पहुंचे। जहां हजारों लोग इकट्ठे व्यवस्थित लेट सकते थे। सभी लोगों ने एक-एक चटाई, चटाई काउंटर से ले ली। और जहां खाली जगह मिली आसन जमा लिया। सभी लोग आए तो सत्संग सुनने थे, पर अभी तक सत्संग केंद्र की भव्यता और व्यवस्थाओं का ही अवलोकन और कीर्तिगान कर पा रहे थे। यहां लेटने पर लोग फिर से दलों में बंट गए और अपनी अपनी घर परिवार की किस्से कहानियों में मशगूल हो गए। किसी को लड़के से दिक्कत थी ,किसी को बाप से। किसी को बहू से, किसी को सास से।

अचानक एक तरफ शोर हुआ, कुछ समझ में नहीं आया मामला क्या है। पर ध्यान से देखने पर पता चला भाई साहब ने पप्पू भैया के लड़कों को चांटे जड़ दिए । बच्चे भाई साहब के पास खेल रहे थे । भाई साहब को उनके खेल और बाल शरारतें पहले तो अच्छी लगती रहीं और वे भी बच्चों के साथ बच्चे बन जाते थे। कुछ देर बाद पता नहीं क्यों गुस्सा हो गए और बच्चे ठोंक दिए। बच्चे रोना कम, शोर अधिक करते हुए अपने बाप से जाकर चिमट गए ।

उनका रोना देखकर पप्पू भैया को भी रोना आ गया । पप्पू भैया रोते हुए कह रहे थे, "यदि मैं पैसे वाला होता तो आज मेरे बच्चों को इस बेरहमी से कोई क्यों कर पीट पाता। अब मेरे पास कमजोरी है ,तो कोई भी आकर अपने हाथ सेंक ले रहा है।"

इधर यह कार्यक्रम चल ही रहा था कि थोड़ी दूर पर महिलाओं का एक झुंड बैठा था । जो कुछ भजन कीर्तन में व्यस्त था ,कुछ आपसी चर्चा में। किसी ने जाकर उन्हें यह पूरी राम कहानी सुनाई। महिलाओं से बच्चों का रोना बर्दाश्त नहीं हुआ ,और सभी एक स्वर में भाई साहब की तरफ इशारा करके चिल्लाने लगीं ,"शर्म करो -शर्म करो" "डूब मरो- डूब मरो"।"बच्चों पर हाथ उठाते हाथ भी नहीं कांपे। शर्म करो -शर्म करो" ।

एक साथ 100- 200 महिलाओं द्वारा इस तरह के नारेबाजी करने से पूरा हॉल गूंजने लगा। अब भाई साहब की दशा देखने लायक थी। खैर भाई साहब की दुर्दशा का अंत नहीं हुआ था। उन्ही महिलाओं में से किसी ने दुपट्टा बिछा दिया। चार लोगों ने उसके कोने पकड़े। 100 ,200, 500 के नोटों की बरसात होने लगी। देखते ही देखते नोटों का ढेर लग गया। रुपए इकट्ठे किए गए और पप्पू भैया को कंपनसेशन(मुआवजे) के तहत सौंप दिए गए। महिलाएं झोली में जब रुपया फेंकती थी तो एक जलती हुई नजर भाई साहब पर जरूर गिराती थीं, और इतनी हेय दृष्टि से नजर फेरती थीं कि" ले देख ले तू भी देख ले"।

इधर यह सब हंगामा चल रहा था, भाई साहब इस भीड़ में खड़ी एक महिला से टांका भिड़ा रहे थे। महिला के मन में भाई साहब के प्रति संवेदना थी ,कि अगले ने इतना भी कुछ नहीं कर दिया जो इतना जलील किया जा रहा है। बच्चों को उनकी शरारतों पर डांटने की बजाय इस तरह से समर्थन किया जाएगा तो एक दिन यही बच्चे बड़े क्रिमिनल बनेंगे। पीटना एक अलग बात है, डांटना और उसे सही गलत का अहसास करवाना अलग बात। भाई साहब से संवेदनाएं प्यार में तब्दील हो गईं।

इधर भाई साहब का भाभी जी में भी इंटरेस्ट खत्म हो रहा था क्योंकि भाभी जी मोटी होती जा रही थी और भाई साहब दिनों दिन जवान।

भाई साहब और उस महिला में आंखों ही आंखों में बाहर मिलने का इशारा हो गया। दोनों अपने-अपने सहगामियों से बहाना बनाकर हॉल से बाहर निकल गए। जब रुपए पैसों वाला कार्यक्रम खत्म हुआ तो चर्चाओं का दौर चला। कोई उन बच्चों को भी शरारती बताने लगा तो कोई भाई साहब पर भी अनेकानेक दोषारोपण करने में लगा हुआ था। कुछ लोग उन महिलाओं को ही ओवर रिएक्ट का दोष लगा रहे थे। भाई साहब इन सब चर्चाओं से दूर उस सुंदर, सुगठित शरीर वाली नवयुवती से प्यार की पींगे बढ़ा रहे थे।

चर्चाओं के बाजार के बीच उस नवयुवती के पति को अपनी पत्नी की याद आई। उसने देखा बहुत देर हो गई अभी तक नहीं आई। क्या हुआ कहीं रास्ता तो नहीं भटक गई। क्योंकि सत्संग में पढ़े-लिखे लोग भी रास्ता भटक जाते हैं। सारे के सारे टीन शेड सभी इमारतें एक जैसी होने से लोग भ्रमित और दिशा भूल हो जाते हैं। थोड़ी और देर इंतजार करने के बाद में वह खोजने चला।

शेड में दूर-दूर तक जब ढूंढ चुका तो उसके मन में शंकाएं उत्पन्न हो गईं। क्योंकि उसकी पत्नी एक तो नवयुवती दूसरे चंचल । जब आदमी किसी को खोजता है तो ढूंढते ढूंढते न जाने क्या-क्या कल्पनाएँ कर लेता है। अभी तक वह भीड़ में ढूंढ रहा था । अब एकांत वाली जगह पर खोजने लगा ।

आखिरकार एक बड़ी घास की सजावट की आड़ में कुछ साड़ी का छोर नजर आया। पास जाकर देखा तो भाई साहब और महिला बातों में मशगूल थे । समझते देर न लगी मामला काफी आगे जा चुका है । डांटने, फटकारने वाली स्थिति से ऊपर होने की वजह से उसकी घिग्गी बंध गई और वह शेड की तरफ वापस भागा। आगे आगे वह, पीछे-पीछे उसकी पत्नी । शेड में जाकर सबको पहले तो राम कथा सुनाई, फिर चुपचाप बिना कुछ सामान लिए आंसू पौंछता हुआ वहां से निकल गया। घर तो नहीं गया होगा यह तो निश्चित है।

मैंने अपनी पत्नी की तरफ निराश निगाहों से देखा, मानो इशारों में ही कह लिया हो इस सत्संग से तो घर पर ही ठीक थे।

2-कर्नल चोर

जैसे ही मेरी निगाह सोनेलाल पर गई , सबसे पहले मैंने उनके आसपास देखना प्रारंभ किया। क्योंकि जितना आवश्यक है कि सुनार बिना सोने के शोभा नहीं देता वैसे ही ये सोनेलाल चोरी के माल के बिना दिखने असंभव थे। इस समय सोनेलाल चाइनीज मिलिट्री हॉस्पिटल की काम बांटने वाली लाइन में लगे हुए थे। उनके पीछे पीछे एक कार्टून भी लाइन में आगे की तरफ धीरे-धीरे सरक रहा था। जिसमे गेट आदि पर पुताई करने वाली वार्निश का डिब्बा छिपा था। ये डिब्बा उनकी आज की एक्स्ट्रा कमाई का हिस्सा था। जिसे बाद में मार्केट में आधे दाम में बेच कर दारू का जुगाड किया जाएगा।

सोनेलाल को देखकर अनायास ही मेरे मुंह से निकल गया-" अरे सोने जी आपका आज का मसाला किधर है क्या आज कहीं हाथ नहीं मार पाए।" यकायक इस तरह के प्रश्न के लिए सोनेलाल तैयार नहीं थे जबकि उन्हें भी इस बात का एहसास था कि यहां पर कोई ऐसा नहीं है जो उनकी इन हरकतों को न जानता हो। पर सब कुछ जानते हुए भी आदमी अपनी बदनामी जहां तक छुप सकती है छिपाने की विफल कोशिश करता ही है। एकदम गुस्से से अकड़ कर बोले "सामान सब जगह बिखरा पड़ा है जो गए और उठा लिए तुम भी जाओ बीन लाओ।"

आज जबकि औसतन आदमी की लंबाई 4 फीट से ज्यादा नहीं रह गई है क्योंकि बरसों तक अधिकतम कीटनाशकों के उपयोग और प्रदूषण से फैलाई दुर्दशा के कारण मनुष्य की लंबाई 4 फीट से नीचे आ गई है तब सन 2075 में सोनेलाल की लंबाई 6 फिट होने की वजह से उन्हें महामानव का दर्जा प्राप्त है। वैसे तो आर्टिफिशियल इंटेलिजेंस और इंटरनेट की जानकारी के अनुसार हमारे पूर्वज भी 6 फीट के ही होते रहे होंगे। लेकिन आज के समय में कोई भी शारीरिक रूप से इतना भी सक्षम नहीं रह गया है कि साधारण काम भी खुद कर सके, अपने रोजमर्रा के कामों में भी रोबोट का दुरुपयोग करता है। पर सोनेलाल जी की लंबाई को देखते हुए उन्हें सेना में भर्ती कर लिया गया । सेना में उनके क्रियाकलाप को देखते हुए उनका प्रमोशन होते-होते कर्नल हो गए। इसी दौरान वर्चस्व की लड़ाई में दुनिया के कई देश आपस में लड़ गए और तीसरा विश्व युद्ध हो गया।

भारत की आम जनता के ना चाहते हुए भी राजनेताओं की कुचेष्टा से युद्ध में भाग लेना पड़ा । लेकिन घोटालों द्वारा लुट जाने के बाद भारतीय सेना का मनोबल और ताकत दोनों छीन हो चुके थे पर नेता तो युद्ध में मरते नहीं। लड़ती तो आम आदमी की संताने हैं। शुरू में तो भारतीय सेना की जीत भी दिख रही थी पर जैसे-जैसे संसाधन खत्म होते गए और सेना की हालत खराब होती गई।

सोनेलाल कुछ दिन चीन में मिशन पर थे। इस दौरान उन्हें चाइनीज आर्मी डॉक्टर की पत्नी किम पोंग ली से प्यार हो गया । किम के प्यार में सोनेलाल देश सेवा और आर्मी की शपथ आदि को भूलकर युद्ध से विरत रहने लगे। इसी दौरान

उनका किम से मिलना जुलना भी बढ़ गया। जो उसके पति को पसंद नहीं आया। हालांकि उतने पुरातनवादी लोग नहीं रह गए थे। आज के 2075 के समय में तो उस तरह की सोच वाले लोग बचे नहीं हैं जो कि कोई किसी की मां बेटी को बुरी नजर से ना देख पता हो। आजकल बुरी नजर, अवैध संबंध या अश्लीलता जैसे शब्द अपरिहार्य हो गए थे। समाज इतना विकसित हो चुका था कि कोई भी किसी से खुलेआम संबंध रख सकता था कानून किसी को कोई रोक-टोक नहीं थी। फिर भी किम के पति जैसे लोग रह गए थे जो अपनी आंखों के सामने नंगा नाच होते नहीं देख सकते थे।

किम के पति को सोनेलाल और किम का मिलना नागवार गुजरता। उसकी छाती पर सांप लोट जाता जब किम को घर से निकलते देखता। लेकिन कर भी क्या सकता था। क्योंकि कानून से बंधा था। विकास के नाम पर कितना ही जमीर क्यों न मर गया हो पर फिर भी दिल की भावनाओं को जहर देना संभव नहीं होता। अनजाने में तो आदमी कुछ भी बर्दाश्त कर सकता है पर जीती मक्खी कौन निगले। इधर सोनेलाल को प्यार का ऐसा भूत सवार था कि आगा देखते ना पीछा ,कहीं भी शुरू हो जाते।

एक दिन किम के पति को उनकी रासलीला बर्दाश्त नहीं हुई। और उसने जितना विरोध कर सकता था, किया। सोने लाल आज वर्दी में थे और उनकी राइफल उनके साथ थी। आदमी यदि कमजोर हो या निहत्था हो तो सब्र भी करे, पर यहां तो राइफल वह भी कामदेव का नशा। आव देखा न ताव, राइफल कॉक की और किम के पति का कीमा बन चुका था।

सोनेलाल का कोर्ट मार्शल हो गया। किम ने चीन के किसी दूसरे आदमी से शादी कर ली। सोनेलाल तो धोबी के कुत्ते होकर रह गये, न किम मिली न नौकरी बची। सोनेलाल को इधर नौकरी से निकाला गया । उन पर मुकदमा चालू हुआ उधर भारतीय सेना का बुरा हाल शुरू हुआ। चीनी फौजों ने भारतीय सेना को गाजर मूली की तरह उखाड़ना शुरू किया । उनके सारे हथियार और संसाधनों पर कब्जा कर लिया ।

भारतीय नेता जो कि अपने एयर कंडीशन वाले महलों में बैठे थे । उन्हें इस जीत हार से विशेष फर्क पड़ने वाला नहीं था। क्योंकि राजनीतिक लोग आम जनता की उम्मीदों को जलाकर रोटी सेंकते हैं । नेता चाहे किसी भी देश के हों , दूसरे देश के नेताओं का अहित नहीं करते। उनका तो टारगेट बस संसाधनों को लूटकर अपनी तिजोरियों भरना होता है ।

चीन ने भारतीय प्रमुख संसाधनों पर अधिकार कर लिया और अपने देश के जितने बेकार और बेरोजगार लोगों को यहां भर्ती कर सकते थे उन्हें महत्वपूर्ण पदों पर बैठा दिया । ऐसा लग रहा था जैसे भारत फिर से उपनिवेश बन चुका है । पहले कभी 300- 400 साल पहले इसी तरह से अंग्रेजों ने भारत पर कब्जा किया था ।

आज के समय में सोनेलाल आपको इन्हीं की गलियों में घूमते हुए मिल जाएंगे कभी तो इन चाइनीज अफसर के घरों में कुछ दाल रोटी का जुगाड़ कर रहे होंगे या फिर उन्हें एक खास किस्म के नाश्ता या पता नहीं क्या , शायद पानी

की पूरी कहते हैं। कहीं कहीं इसे पानी के बताशा या कोई कोई लोग फुचक्का, पानी की टिक्की भी कहते हैं। और भी इसके कई नाम है। सोनेलाल को इस पानी पुरी का बहुत शौक था।

उनके इस शौक में सबसे बडे बाधक थे हमारे भाई साहब। क्योंकि भाई साहब ने देख लिया पानी पूरी खाते हुए तो जितना स्वाद पानी पुरी में नहीं आएगा उससे ज्यादा भाई साहब के भाषण से दिमाग खराब हो जाएगा। वैसे तो सोनेलाल से भाई साहब का कोई संबंध नहीं था पर पता नहीं क्यों भाई साहब जैसे ही उन्हें पानी पुरी के ठेले पर देखते और शुरू हो जाते। कहते-," पानी पुरी खाने से अनेक बीमारियां होती हैं। पानी पुरी के पानी में साटरी मिली होती है जिसे दुकानदार खटाई की जगह इस्तेमाल करता है। क्योंकि खटाई महंगी पड़ती है और साटरी बहुत कम डालने से ही खट्टा बनाया जाता है। दुकानदार को किसी के स्वास्थ्य से क्या लेना देना उसे तो बस पानी पुरी बेचने से मतलब। दूसरे उनके ठेलों पर कितनी गंदगी होती है। एक खास बात और दुकानदार जिन हाथों से आपको पानी पुरी हाथ डुबो डुबोकर खिलाता है उन्हें हाथों से पसीना भी पौंछता है और खुजाता भी है।"

"तो क्या पानी पुरी के पानी में जब दुकानदार का पसीना और उसके शरीर की गंदगी घुलती है तभी तो पानी पुरी में असली स्वाद आता है। नहीं तो कभी बनवा कर देख लो अपने घर पर, खाने का ही मन नहीं करेगा।"- सोनेलाल भाई साहब की बातों का मजाक उड़ा कर जवाब देते।

" मुझे वैसे ही कोई शौक नहीं है इतना स्वास्थ्य शोषक चीजों को खाने का , अभी जब डॉक्टर के पास भीड़ बढाओगे तो पता चलेगा।" भाई साहब तुनक कर कहते।

सोनेलाल और भाई साहब के बीच इसी प्रकार से हंसी मजाक चलती रहती। एक दिन क्या हुआ मैं रात को अचानक जागा तो पता नहीं क्यों नीचे चला गया, देखा क्या सोनेलाल मेरे शटर का ताला तोड़ने की कोशिश कर रहे हैं। मुझे अब तक तो सोनेलाल पर दया आती थी पर आज उनकी इतनी गिरी हरकत देखकर मैं गुस्से से कांपने लगा और पास में पड़े डंडे को उठाकर सोनेलाल पर तानते हुए बोला– "सोने भाई आपको तो मैं विपत्ति का मारा समझता था। इसीलिए आपके प्रति दया भाव भी रखता था पर आपने आज मेरे सारे विचारों को झूठा कर दिया। अभी तक तो मुझे घमंड था कि मैं आदमी पहचानने में एक्सपर्ट हूं पर आज आपने मुझे गलत साबित कर दिया।"

सोने लाल घिघियाते हुए बोले ,–"मैं तो भैया बस कुतिया की जान बचाने के लिए शटर खोल रहा था। आपकी दुकान में रात से एक कुतिया चिल्ला रही थी। शायद आप शाम को जल्दी-जल्दी शटर बंद करके चले गए होंगे। मैंने सोचा क्यों आपको नाहक परेशान करूं। आपको कल फिर से दुकान चलानी है।" मुझे सोने लाल की इस मासूमियत पर तरस आया और शटर खोलकर कुतिया को एक रात की जेल के बाद मुक्त किया तो कुतिया इस कदर भागी जैसे फिर कभी खाने के लालच में इधर मुंह करके भी नहीं सोएगी।

आज जब मैंने सोनेलाल को लाइन में लगा देखा उसके बाद मैं अपने काम से चला गया। और सोनेलाल को एक चीनी डॉक्टर के घर में साफ सफाई का काम मिल गया जो कि नया-नया शिफ्ट हुआ था। जैसे ही सोनेलाल ने उस चीनी के घर में प्रवेश किया तो क्या शानदार सजावट थी घर की। सभी प्रकार की सुंदरता और अय्याशी के मानक पूरे करता था उस डॉक्टर का घर। एक बात बताना भूल ही गए चीन ने कब्जे के बाद भारतीय डॉक्टरों के लाइसेंस जब्त कर लिए थे और चीनी डॉक्टर इलाज के नाम पर मनमाने पैसे वसूल रहे थे क्योंकि अत्याधिक आबादी के कारण लोगों को इलाज मिल पाना लगभग असंभव हो रहा था।

चाइनीज डॉक्टर का घर आलीशान था। सोनेलाल को सफाई करते हुए डर भी लग रहा था। कहीं कुछ गिर ना जाए या कुछ टूट न जाए नहीं तो वेभाव की पड़ेगी। तब तक उनके पीछे से एक चीनी महिला ने पतली सी आवाज में डांट कर कहा,-" आराम से देखकर सफाई कर वरना मारते-मारते ठीक कर दूंगी।" चाइनीज लोग इधर अक्सर हिंदी में बात भी करने लगे थे जिससे उन्हें भारतीयों को लूटने में सहूलियत रहे।

सोनेलाल को आवाज कुछ जानी पहचानी सी लगी। मुड़कर देखा तो ठिगने कद की अधेड़ उम्र की चीनी महिला थी। जिसकी गायब होती गालों की लाली तथा आंखों पर लगे चश्मे के अंदर उतरते नशे की आंखें बता रहीं थी की जवानी में इसने कितने दिलों पर कटार चलाई होगी। सोनेलाल को देखकर महिला आवाक खड़ी रह गई और चश्मा उतार कर बोली,-" अरे सोनू तुम थे"।

महिला कोई और नहीं, सोने लाल की किम थी जो चीन में सोनेलाल को सोनू कह कर बुलाती थी। पर आज समय की मार देखो सोनू अब सोनेलाल बन गया था पर उसके भाग्य का सोना कंकर में तब्दील हो गया था। सोनेलाल की आंखों में एक पल के लिए तो चमक आ गई पर भूत और भविष्य की सारी कल्पनाएं एकदम से कौंध गई। और सोनेलाल वापस अपने काम में लग गए।

खिड़की में खड़े किम के इकलौते लड़के ने यह सारी भावनाओं के तूफान पढ़ लिए और यह समझते देर नहीं लगी यह उसकी मां के भूतकाल की मोहब्बत है। जो आज फिर से मिल रहे हैं उसने चुपचाप वहां से खिसक जाने में ही भलाई समझी क्योंकि उसे अपनी मां और उसकी प्रेमी के बीच में कबाब में हड्डी नहीं बनना था। यहां से वह सीधा अपनी भारतीय प्रेमिका सुष्मी के पास चला गया। जिसका नाम सुषमा से अब सुष्मी हो गया था। सेंग सुष्मी से मिलकर उसके आगोश में समा जाना चाहता था। उसने आज दो पुराने प्रेमियों की प्रेम से सूख चुकी नदियों का मिलन देखा था। वह अपने प्यार के सागर को बिना गोते लगाए सुखाना नहीं चाहता था। उसने आज सुष्मी के साथ अपना सबसे अच्छा समय बिताने की तरफ कदम बढ़ा दिया। और प्यार के सागर में गोते लगाने लगा। दो फूल नदी में बहते हुए एक किनारे से आकर आपस में मिल गए।

इधर सोनेलाल ने काम खत्म करके घर की राह ली। पर पता नहीं क्यों आज उनके घर की तरफ पैर नहीं पड़ रहे थे। लगता था कोई अदृश्य शक्ति पीछे की तरफ खींच रही है। उनके मन में भी अनिष्ट की आशंका ने जन्म ले लिया था क्योंकि उनका भी मन अब यह मानने लगा था, किम के जिंदगी में आने के बाद सारी व्यथा उनके पीछे लग गई। लेकिन प्यार का जोर उनकी इन आशंकाओं को नष्ट कर देता था। क्योंकि आज फिर उससे मुलाकात कुछ अनिष्ट न कर दे।

घर पहुंचने के कुछ ही देर बाद उन्हें उनके मोबाइल पर एक ईमेल आया। आजकल कोर्ट की सारी सुनवाई भी ऑनलाइन ही होती थी। जमाना इतना हाईटेक था लोगों को कहीं भागने या बचने की संभावना नहीं थी। कभी कहानी सुनी थी कि फलां राक्षस के प्रान, सात समुंदर पार एक तोते में रहते हैं लेकिन आजकल तो लोगों के प्राण पूरी तरह से मोबाइल रूपी तोता में बंद हैं। तो सुनवाई या सजा के लिए किसी को कहीं कोर्ट में उपस्थित होने की आवश्यकता ही नहीं है। सोनेलाल ने जैसे ही ईमेल पड़ा उनकी शंका, सच में बदल गई, कोर्ट ने उन्हें चीनी डॉक्टर की हत्या के जुर्म में मौत की सजा दी थी।

सोनेलाल ने अपनी जेब में हाथ डाला जिसमें साइनाइड का कैप्सूल हमेशा साथ रखते थे। इसके बारे में किसी को भी पता नहीं था। सोनेलाल ने अपने जीवन की लीला समाप्त कर ली।

वैसे तो आमतौर पर जब सेना में किसी की मृत्यु होती है तो सलामी देने गारद बुलाई जाती है पर सोनेलाल तो सजायाफ्ता थे। इसलिए कोई नहीं आया। कोर्ट मार्शल के दौरान उनसे सारे मेडल भी छीन लिए गए सो केवल आर्मी की ड्रेस में ही गांव के

लोगों ने सोनेलाल की शव यात्रा निकाली।

____

3-छाबड़ा साहब की कुतिया

छाबड़ा साहब मैनपुरी के जाने-माने बिजनेसमैन थे। उनके कई तरह के व्यापार थे जैसे कि बस, ट्रक ,आटा मिल , धान मिल । इनके साथ-साथ वे अपने मकान को भी किराए पर उठा दिया करते थे। जब धनिक के पास धन आने लगता है तो उसका लालच और बढ़ जाता है । फिर वह हर तरह से पैसा कमाना चाहता है। छाबड़ा साहब भी इतने पैसे वाले होने के बावजूद मकान में किराएदार रखते थे।

जिस मकान में छाबड़ा साहब रहते थे, उसकी चौथी मंजिल पर एक कोने में टीन डालकर कमरानुमा बना दिया था। जब बनाया था तब तो सोचा होगा, फालतू का सामान पड़ा रहेगा । बाद में लगा, नहीं इस टीन से भी पैसे कमाए जा सकते हैं । तो गांव के दो लड़के जो क्लास 9th ,10th में पढ़ते थे किराए पर रख लिए। वसंत कुमार और रामपाल। वसंत कुमार तो मेधावी थे । पढ़ने लिखने में हमेशा व्यस्त रहने वाले । घर से स्कूल और स्कूल से घर इतना ही उनकी दिनचर्या थी ।

पर रामपाल थे इसके ठीक विपरीत, स्कूल की पढ़ाई के अलावा दुनिया में जितने प्रकार की शरारतें होती हैं, जितनी बदमाशी होती हैं। इन्हें सब पता थीं । बस पढ़ने में उनकी नानी मर जाती थी । वसंत

कुमार को खाना बनाने में समय बर्बादी लगता था। क्योंकि उतना समय पढ़ाई करके अच्छे नंबरों से पास हुआ जा सकता था । रामपाल को तो वैसे ही नहीं पढ़ना था। खाना बनाने में कुछ तो मजा आता ही था । तो रामपाल ने खाना बनाने का सारा भार अपने ऊपर ले लिया और पढ़ने का वसंत कुमार ने। दोनों लोग बंटवारे के अनुसार अपना-अपना काम बखूबी करते।

कुछ दिनों बाद रामपाल के काम में विघ्न पड़ने लगा । रामपाल खाना बनाकर स्कूल जाते तो सोचते, दोपहर में क्यों चूल्हे में मूछें जलाएं। सुबह ही कुछ रोटियां अधिक सेंक देते थे। दोपहर में स्कूल से लौट कर दोनों लोग मजे से खाते। पर इधर कई दिनों से जब स्कूल से लौटते तो खाना फैला हुआ मिलता और रोटियां गायब मिलती । यह सिलसिला कई दिन तक चलता रहा । एक दिन रामपाल निकले तो स्कूल के लिए पर कुछ बहाना बनाकर लौट आए, देखते क्या हैं कि उनके खाने पर तो रोजी हाथ साफ कर रही हैं। अपनी घंटों की मेहनत पर इस तरह हाथ साफ होता देख ,उनके क्रोध का ठिकाना न रहा। रोजी के इस तरह बेरोकटोक घुसने का कारण था कि टीन के टट्टर में कोई दरवाजा या आड़ नहीं थी।

रामपाल ने यह सारा नजारा अपनी आंखों से देखा। पर कुछ कर नहीं सकते थे। क्योंकि रोजी को डांटना या मारने का मतलब था कि छाबड़ा साहब से दुश्मनी मोल लेना। रोजी कोई और नहीं छाबड़ा साहब की कुतिया थी । जिसे छाबड़ा साहब के घर में महारानी का दर्जा प्राप्त था । आजकल सरकारों में दर्जा प्राप्त मंत्री होते हैं। रोजी छाबड़ा साहब की दर्जा प्राप्त महारानी थी। रोजी का अलग आलीशान बेड था। रोजी के लिए अलग से एक नौकर था । जो रोजी को शैंपू से नहलाता, क्रीम पाउडर लगाता। इत्र इत्यादि लगाकर छाबड़ा साहब के साथ गद्दी पर बैठने की लिए तैयार करता। रोजी उस जमाने में चार पहिया कार से सैर करती थी। जब आम आदमी के लिए साइकिल लेना भी असंभव था ।

इधर जितना रुतबा छाबड़ा साहब का बढ़ता जाता , उतना ही रोजी का। छाबड़ा साहब जितना व्यापार करना जानते थे उतना ही उनकी राजनीतिक लोगों से पैठ थी। मैनपुरी में छाबड़ा साहब की कुतिया को कोई मारे या भगाए, असंभव था। क्योंकि ऐसा सोचने वाले को भी पूरे मैनपुरी जिले में रहना दूभर हो जाता । तो बेचारे रामपाल थे किस खेत की मूली, मन मारकर रह गए।

एक दिन स्कूल से लौटे तो बहुत देर हो चुकी थी। स्कूल में कुछ कार्यक्रम होने की वजह से आज देर से छोड़ा गया था। पेट में भूख से चूहे दौड़ रहे थे। पूरी आशा में दोनों लोग दौड़ते चले जा रहे थे कि कमरे पर तो खाना बना हुआ रखा ही है। यह क्या देखते हैं, रोटी वाले कटोरा औंधे मुंह पड़ा अपने लुटने की कहानी कह रहा है। सब्जी की छोटी डेगची एक किनारे लुढ़ककर रूठी हुई पड़ी है। रोटी के कुछ टुकड़े इधर उधर पड़े हुए मक्खियों का ग्रास बन रहे हैं। पूरी की पूरी गृहस्थी अपनी विध्वंस लीला कह रही है। भूख और प्यास से तड़पते दो क्षुधातुर प्राणी जैसे ही चार मंजिल सीढ़ियां चढ़कर पहुंचे तो खाने की विनाश लीला देखकर खून खौल गया। खाना दोबारा बनाने के लिए पानी लेने चार मंजिल नीचे जाना था। फिर वापस आकर खाना बनाना था। रामपाल ने आज आर या पार का निर्णय ले लिया।

अगले दिन जब सुबह रामपाल खाना बना रहा था, चूल्हे में एक चम्मच उल्टी यानी कि पकड़ने की तरफ से गर्म हो रही थी। वसंत कुमार ने एक बार तो पूछा कि "रामपाल यह चम्मच क्यों गर्म कर रहे हो। वह भी उलटी।" रामपाल ने गुस्से में जवाब दिया-" तुम चुपचाप खाना खाने से

मतलब रखो। बाकी मैं कैसे खाना बनाता हूं ,इस सबसे क्या लेना देना। खुद तो बैठे-बैठे हुकुम चलाते हैं ऊपर से पूरी खाना तलाशी भी चाहिए।"

वसंत कुमार ने अब बहस करना उचित न समझा । विवाद भी बढ़ सकता था और बैठे-बिठाए फ्री का नौकर भाग सकता था । वसंत कुमार तो स्कूल चले गए । रामपाल सर में दर्द का बहाना करके लेट रहे । जैसे ही बच्चों के स्कूल जाने का समय समाप्त हुआ। रोजी ने रोज की तरह चौथी मंजिल पर प्रस्थान किया।

आज रामपाल मय हथियार के पहले से तैयार थे। पहले तो रोजी को सहलाता रहा,प्यार करता रहा। फिर मौका लगते ही जो चम्मच उल्टी साइड से गर्म थी, रोजी के पिछवाड़े में घुसा दिया। रोजी को आज राम से कम पड़ गया। रोजी का करुण क्रंदन(कांय-कांय) प्रारंभ हो गया । रोजी को रामपाल के चंगुल से छूटकर भागने में जरा भी देर नहीं लगी।

रोजी कांय-कांय करती जाती और सीढ़ियों में अपना पिछवाड़ा घसीटती जाती थी । इस घसीटने में ही कहीं चम्मच निकल गई वह भी नीचे पहुंचने से पहले। या यूं कहो की चम्मच नहीं निकली, रामपाल और वसंत कुमार के जीवन रेखा बढ़ गई। रोजी चम्मच सहित नीचे पहुंचती तो रामपाल का कुकृत्य पता लग जाता। रामपाल वसंत कुमार को काटकर

किस जंगल में फेंकवा दिया जाता, कोई नहीं जानता। जो कार्य आम आदमी के लिए कानून विरूद्ध और असंभव होते हैं वहीं नेताओं और रसूखदारों के लिए संभव ही आसान भी हो जाते हैं। छाबड़ा साहब जैसे रसूखदार और बाहुबली के लिए ये दो किसान के लौंडे किस खेत की मूली थे। रामपाल का कुकृत्य किसी भी प्रकार सही नहीं ठहराया जा सकता, तो क्या कोई भी कानून हाथ में लेकर खुद ही सजा देने निकल पड़ेगा । कानून केवल आम आदमी की गर्दन दबोचने के लिये कानून होता है। नेता लोग तो इस कानून, कोर्ट और अदालतों से खिलौना स्वरूप खेलते हैं।

जैसे ही रोजी नीचे पहुंची पूरे घर में कोहराम मच गया। सारे नौकरों को तलब कर लिया गया। जिधर देखो एक ही चर्चा हो रही थी , रोजी को कुछ हो गया है। रोजी को किसी कीड़े ने काट लिया है। कोई कहता रोजी को किसी झाड़ फूंक वाले को दिखाओ । हर कोई अपना अपना सुझाव देता। पर रोजी को कांय-कांय से फुर्सत नहीं थी। छाबड़ा साहब तो रोजी को अपने बच्चों से ज्यादा प्यार करते थे। उनकी तो रातों की नींद गायब हो गई । उस जमाने में जानवरों के डॉक्टर का इतना चलन नहीं था। डॉक्टर के पास यदि रोजी पहुंच जाती तो भी रामपाल का

भंडाफोड़ तय था। पर होनी को कुछ और मंजूर था। आखिर जीवन संघर्ष के बाद आठवें दिन रोजी ने प्राण त्यागे। और उसी दिन से छाबड़ा साहब का इलाज भी शुरू हो गया। रोजी का दुख उनके लिए असहय था।

4- राजू वेटर

छाबड़ा साहब की कुतिया वाला प्रकरण होने के बाद वसंत कुमार ने रामपाल से दूरियां बनाना प्रारंभ कर दीं। वसंत कुमार को लगा की कुतिया वाला मामला यदि खुल जाता तो मौत निश्चित थी। यानी की मौत को छू के टक्क से वापस ही आए थे। वसंत कुमार ने निश्चय किया अब घर पर खाने का प्रबंध न रखा जाए। उन्हीं दिनों उनके घर यानी कि छाबड़ा साहब के घर के पास एक ढाबा खुला था नया-नया। जो ₹10 में भरपेट भोजन करवाता था वसंत कुमार ने सोचा दोनों टाइम का मिलाकर ₹600 लगेंगे। और खाना बनाने, सामान बाजार से लाने आदि के झंझट से मुक्ति मिल जाएगी। वसंत कुमार ने ढाबा पर दोनों टाइम का खाना तय करके, खाना खाना शुरू कर दिया। जैसा कि पहले ही बताया है कि वसंत कुमार सीधे स्वभाव के आदमी थे। ढाबे के पूरे स्टाफ से उनका दोस्ताना व्यवहार हो गया था।

ढाबे पर एक वेटर था राजू। राजू वेटर से लेकर ढाबे का पूरा काम संभालता था। ग्राहकों के साथ भी राजू के संबंध मधुर रहते थे। राजू लगभग हर ग्राहक को नाम से पुकारता और साथ में भैया जी का संबोधन उसकी भाषा को मधुर बना देता था। ढाबे मालिक के साथ-साथ हर

ग्राहक का चहेता था राजू। ढाबे पर नौकर तो कई थे पर , नाम हर तरफ राजू का ही पुकारा जाता था। पूरे मैनपुरी में ढाबा मालिक को कोई नहीं जानता था । पर विद्यार्थियों , ट्रक ड्राइवरों, कामगारों और कर्मचारियों के बीच, जिन्हें अक्सर बाहर खाना खाना पड़ता था, राजू से पहिचान थी। हर कोई बोलता," कहां जा रहे हो" ,"राजू के ढाबे पर खाना खाने जा रहा हूं"।"कहां से आ रहे हो"।" राजू के ढाबे से खाना खाकर आ रहे हैं"। कोई मेहमान आ जाता तो उसे घर का खाना ना खिलाकर राजू के ढाबे का खाना खिलाया जाता। लोगों को राजू से मिलने का बस बहाना चाहिए था। फिर भी एक ऐब था राजू में। दो तीन सीधे साधे लड़कों की हंसी उड़ाता था। उनमें ही एक वसंत कुमार भी थे। अक्सर वसंत कुमार जाते और जैसा भी मिलता , चुपचाप खा लेते। उन्हें खाने में मीन मेख़ निकालने की आदत न थी। राजू उनकी इसी बात की मजाक बनाता और कहता, "इन भाई साहब को केवल खाने से मतलब है। उन्हें लेना देना नहीं सब्जी क्या बनी , कैसी बनी। इतने सीधे हैं , इनकी तो शादी भी होना मुश्किल है। हो भी गई तो पत्नी इन्हें छोड़ कर चली जाएगी।" वसंत कुमार को लगा, "भलाई का जमाना नहीं है, सीधे आदमी को हर कोई परेशान करता है। इसे भी कुछ रंग दिखाना चाहिए।"

एक दिन वसंत कुमार स्कूल से जल्दी लौट आए तो भूख भी जल्दी लग गई। अभी तो दिन के 3:00 बज रहे थे। पहले सोचा ढाबे पर खाना तैयार होगा, नहीं तो कुछ और नाश्ता कर लिया जाए। पर गांव का आदमी ऐसे भूख के लिए पैसे बर्बाद करेगा तो हो गई पढ़ाई। एक दिन तो है नहीं कि नाश्ता कर लिया जाए। घर से चले तो यही सोचते विचारते, चलते-चलते राजू के ढाबे पर पहुंच गए।

पूछने पर पता चला खाना अभी तैयार नहीं है, पर राजू ने बाहर आकर बोला-" भैया जी बस 10 मिनट बैठकर इंतजार करो अभी खाना लगाए देता हूं। वैसे तो 4:00 बजे स्टार्ट करता हूं पर आपके लिए तो अभी लो।" राजू की मीठी-मीठी बातें सुनकर वसंत कुमार बैठकर इंतजार करने लगे। राजू बात का पक्का निकला और ठीक 10 मिनट में खाना हाजिर कर दिया। जल्दबाजी के चक्कर में राजू यह भूल गया की दाल के पतीले में नमक डाला है या नहीं। हालांकि एक बार नमक डाल चुका था दोबारा भी डाल दिया, मिक्स करके तब लाया वसंत कुमार के लिए। रामपाल के साथ रहते रहते वसंत कुमार को शरारतें करने में मजा आने लगा था। राजू को सबक सिखाने का मौका भी था। दाल में नमक पहले से ज्यादा था वसंत कुमार ने राजू से कहा -"राजू आज क्या

बात है दाल में नमक डालना भूल गए।" राजू गया नमक का डिब्बा उठाया और एक चम्मच वसंत कुमार को दी। उसी अनुपात में दो बड़े बड़े चमचे नमक पतीले में डालकर चमचे से मिला दिया। राजू को क्या पता था कि आज उसका पाला ग्राहक रूपी भगवान से नहीं शैतान से पड़ा है। और जाने अनजाने में एक देवता स्वरूप आदमी का मजाक बनाने का परिणाम भुगतने का दिन है। देवता को दैत्य बनने में कुछ अधिक समय नहीं लगता। किसी भी देवता स्वरूप मनुष्य का आपसे हित और स्वार्थसिद्धी का वास्ता खत्म, बस वहीं देवता आपको भूमिगत करने के लिए दैत्य बनने में देर न लगाएगा। वसंत कुमार ने राजू को दोबारा आवाज दी और बोला,- "राजू भाई आज क्या बात है दाल में नमक बिल्कुल डालना भूल गए दो-तीन चम्मच और लाओ तब काम चलेगा।"

राजू गया तीन चम्मच नमक वसंत कुमार को दिया। और 6 चमचे भरकर पतीले में झौंक दिए। राजू गांव का भोला भाला लड़का, उसे क्या पता था कि वसंत कुमार नमक को दाल में डाल ही नहीं रहे थे। वसंत कुमार तो नमक थाली में डालकर, कटोरी के नीचे छुपाते जाते थे। चम्मच से नमक घोलने का झूठा नाटक कर रहे थे। राजू उनके इस जाल में फंस गया।

वसंत कुमार ने खाना खत्म किया। थाली में पानी डाला जिससे कि नमक घुल जाए और पोल न खुलने पाए । वसंत कुमार ने घर की राह ली। इधर शाम हुई , ढाबे के ग्राहक आने शुरू हुए। खाना परोसा जाने लगा। जैसे ही कोई ग्राहक मुंह में दाल रखता , चिल्लाने लगता,-" क्या आज दाल में जहर डाल दिया है, इतनी कड़वी।" एक दो लोगों का मालिक ने भरोसा नहीं किया , क्योंकि ग्राहक अक्सर बेबात पर भी शिकायत करते रहते थे । पर जब कई लोग चिल्लाने लगे तो उसे दाल में कुछ काला लगा। उसने दाल स्वयं चखने का निर्णय लिया । और जैसे ही दाल मुंह में रखी ,आंखों से आंसू आ गए । एक तो दाल कड़वी ऊपर से दोबारा बनाने का समय नहीं। सीधी सी बात थी ढाबे की बर्बादी तो होनी ही थी। एक बार लगे हुए ग्राहक जो गए तो फिर लौटना असंभव था।

सबसे पहले राजू को बुलाया 1000 गालियां सुनाने के बाद ,दो चार लात घूसों से जब गुस्सा शांत हुआ तो इतने नमक का माजरा पूछा । तो राजू ने कहानी कह सुनाई ,"दुबले पतले भाई साहब के कहने पर किया है मुझे क्या पता था की इतने सीधे दिखने वाले भाई साहब के दिमाग में इतनी गंदगी भरी हुई है ।" ढाबे के मालिक को इस सब बर्बादी का

असली कारण भी पता लग चुका था। राजू को उसी दिन ढाबे से भगा दिया गया। वसंत कुमार अगले दिन जब ढाबे पर पहुंचे तो सन्नाटा था। ढाबे का मालिक वसंत कुमार के सामने हाथ जोड़े खड़ा था।"मलिक आपने खूब कृपा करी अब अपनी दया दृष्टि कहीं और बरसाओ और अपनी तशरीफ कहीं और ले जाओ"।

5- मॉर्निंग मुर्गा

जगत पाल ढींगरा और पन्नालाल , कनौजिया साहब के चार मंजिल मकान की छत पर बने एक छोटे से कमरे में रहते थे। जिसे उस जमाने में उनकी देहाती भाषा में कोठा कहा जाता था। इन लोगों को उस असली कोठे के अर्थों का तो अता पता भी न था। यह बात और है कि चार मंजिल के ऊपर रहने पर सर्दी में सर्दी , गर्मी में गर्मी भी अधिक लगती है। पर विद्यार्थी तो विद्या अर्जित करने के लिए कुछ भी बर्दाश्त कर सकता है।

माह का महीना था कड़ाके की ठंड पड़ रही थी। कोहरा इतना ज्यादा हो जाता था कि हाथों हाथ दिखाई ना पड़ता था । ऐसे में जगत पाल ढींगरा और पन्नालाल दोनों लोग ठंड से मुरमुरिया बनते थे, पर कर ही क्या सकते थे । एक दिन अचानक सुबह अंधेरे में ही 4:00 बजे नीचे गली में , एक आदमी चिल्लाता हुआ निकला-“ जागते रहो ,सुबह हो गई है” “जागते रहो यह सोने का वक्त नहीं है उठो और काम पर लगो। जो अभी सो रहे हैं उनकी खैर नहीं। जागते रहो”।

दोनों लोगों की नींद खुल गई । सोचा, होगा कोई पुलिस वाला । फिर सोचा हमारे देश में पुलिस इतनी मुस्तैद कब से हो गई। क्योंकि

लोग जब सोते रहेंगे तभी तो चोरियां होगी , डाके पड़ेंगे। चोरी डाके में असली कमाई चोर डकैत की नहीं, पुलिस वालों की होती है। डकैती में हिस्सा लेते हैं । जिसके यहां डाका पड़ता है उससे रिश्वत लेते हैं। पड़ोसियों को पूछताछ और झूठे केस के नाम पर लूटते हैं। क्राइम होने से पुलिस की बल्ले बल्ले हो जाती है। अधिक क्राइम होने से पुलिस की तो लॉटरी निकल जाती है।

जगत पाल ढींगरा पढ़ने बैठ गए, पन्नालाल चिल्लाने वाले को गालियां देते हुए रजाई में घुस गए । पन्नालाल का पढ़ाई में फंडा था, गणित पढ़ने बैठते तो याद आता की अंग्रेजी वाला टीचर बहुत मारता है। गणित उठाकर रख देते । अंग्रेजी पढ़ने लगते ,फिर याद आता विज्ञान की मैडम तो मुर्गा बनाती है । अंग्रेजी रख देते विज्ञान पढ़ने लगते । एक-एक करके सभी सब्जेक्ट बदल देते । आखिर में सब किताबें उठाकर फेंक देते । जब पिटना ही है तो सबसे पिट लूंगा। एक दो को पढ़कर क्यों समय बर्बाद करना। किताबें फेंक कर सो जाना यह उनका रोज का फंडा था।

पिछले दिन वाला आदमी आज फिर सुबह चिल्ला रहा था।“ जागते रहो”। जगत पाल ढींगरा को तो जैसे जागने का नया

रामबाण मिल गया था। क्योंकि उस जमाने में अलार्म घड़ी लेने की हैसियत नहीं थी । और यह नया मॉर्निंग मुर्गा अलार्म घड़ी का ही काम करता था। पन्नालाल ने दिन में पता किया तो पाया कि कोई पागल आया है नया, मोहल्ले में। जो रोज सुबह चिल्लाता हुआ निकलता है। पूरे मोहल्ले को परेशान किए हुए है।

पन्नालाल के शरारती दिमाग में उसे सबक सिखाने की सूझी। अगली शाम को जितने भी बर्तन थे उन लोगों के पास। सभी एक-एक करके भरे जाने लगे। पन्नालाल नीचे चार मंजिल उतरकर जाते, कुएं से एक-एक बाल्टी पानी लाते और बर्तनों में पलट देते।

जो आदमी एक बाल्टी के लिए भी जगत पाल ढींगरा को घुड़की दिखाता हो, कि खाना खाना हो तो जाओ और पानी भरकर लाओ। आज बिना कुछ कहे चार-पांच बाल्टी भर चुका है। वह भी शाम को। शाम को ना तो कपड़े धोने हैं, ना कोई और काम।

आखिरकार जगत पाल ढींगरा का सब्र का बांध टूटा, "क्यों भाई आज क्या सोमवती अमावस्या है जो रात में आपको नहाना है। वह भी बर्फ जैसे ठंडे पानी से क्योंकि रात में तो इस पानी की बर्फ ही बन जाएगी।"

पन्नालाल ने घुड़की जमाई,-" खुद तो कुछ करना नहीं, सुबह बर्तन मांजने के लिए मुझे नीचे जाना पड़ता है। खुद तो किताब पकड़ कर बैठे रहते हैं, ऊपर से भाषण भी सुनो इनके"।

जगत पाल ढींगरा ने आगे पूछना उचित न समझा। विद्रोह की आशंका थी। वैसे पूछने को बहुत कुछ था, कि इतने पानी से बर्तन धुलोगे या और कुछ करोगे।

शाम को रोज की तरह जगत पाल ढींगरा पढ़ने बैठ गए। पन्नालाल रजाई में घुसकर घुड़कने लगे । शायद कोई बड़ा काम करके घोड़े बेचकर सो रहे होंगे। रात 3:00 बजे मॉर्निंग मुर्गे ने गली के छोर से चिल्लाना शुरू किया । और पन्नालाल ने रजाई छोड़ी । सीधे गए छत की मुंडेर पर जहां पानी इकट्ठा कर रखा था । मॉर्निंग मुर्गा चिल्लाता हुआ जैसे ही गली में निकला। पन्नालाल ने गणित का सटीक इस्तेमाल करते हुए, चार मंजिल ऊपर से बर्फीला पानी उंडेला। जो सीधा उस पागल के ऊपर जाकर गिरा। इतनी भयानक सर्दी, उसमें भी उस पागल के पास क्या ही कपड़े रहे होंगे। पानी भी चार मंजिल से नीचे आते-आते टेंपरेचर कम हो गया होगा और स्पीड इतनी ज्यादा हो गई की पत्थर सामान लगा ।

ऐसे में कोई और होता तो भाग जाता, यह ठहरा पागल। खड़े होकर ऊपर मुंह करके मां बहन की गालियां देने लगा। पन्नालाल ने दूसरी बाल्टी भी पलट दी। इस बार सीधे मुंह पर जाकर धार पड़ी। वह गालियां देता रहा और पन्नालाल जी पानी गिराते रहे।

जनवरी की कड़ाके की सर्दी में पागल का क्या हाल हुआ होगा, यह तो केवल महसूस किया जा सकता है। ना तो उसके पास बदलने को कपड़े होंगे । पानी का पहाड़ टूटने के बाद पागल वहां से गाली देता हुआ चला गया। फिर कभी लौटकर नहीं आया। पन्नालाल की गहरी नींद में दखलंदाजी का परिणाम उसे मिल चुका था।

6- बुद्धिप्रकाश की शादी

शंकर परसाद ने जिंदगी में बहुत काम किए । अच्छे या बुरे । अपने हर काम को उन्होंने दुनिया का सबसे सही निर्णय बताया। उनसे कभी कोई बात करता तो घंटों अपनी गाथाओं का बखान करते । मुझे तो आश्चर्य होता कि एक मनुष्य अपनी जिंदगी में इतने सही निर्णय कैसे ले सकता है। उनका रवैया हिटलर शाही होने की वजह से कभी कोई प्रश्न नहीं कर पाया। सुना तो ये भी जाता है कि उनके खुद के पिताजी भी उनसे थर थर कांपते थे। उनके बड़े भाई जो कि पंद्रह साल उनसे पहले इस दुनिया में आए थे , भी अपने छोटे भाई से बात करने में हिचकिचाते थे। उनका अपना ये आभामंडल ही था जो उनके स्वजनों को भी उनके सामने जाने में रूह कंपा देता था। उनसे कभी किसी ने ये पूछने की जहमत नहीं उठाई या हिम्मत दिखाई कि आपने जो इतनी कथाएं हमें सुनाई उनमें कोई तो ऐसी होगी जहां आपसे कोई गलती हुई हो। पर क्या किया जाए हिटलरों को कभी प्रश्न पसंद ही नहीं आए।

इन्हीं निर्णय में से एक था बुद्धि प्रकाश की शादी । बुद्धि प्रकाश की शादी को शंकर परसाद , जिंदगी भर अपनी सफलता मानते

रहे। पर यह सफलता थी या विफलता यह निर्णय तो मैं आप पाठकों पर छोड़ता हूं।

बुद्धि प्रकाश शंकर परसाद का बड़ा लड़का था। बुद्धि प्रकाश कुशाग्र बुद्धि, होनहार , व चरित्रवान था । पूरे घर की निगाहें बुद्धि प्रकाश पर ही टिकी थीं। एक न एक दिन जब बुद्धि प्रकाश कामयाब हो जाएगा, तो इस हिटलर की तानाशाही से मुक्ति मिलेगी । पर प्रकृति को कुछ और मंजूर था । जब बुद्धि प्रकाश कक्षा 10 में था तो भैंस के पास से निकलते समय, पूंछ का फटका लगने से एक आंख में खून का थक्का जम गया। जिससे गहरी चोट लग गई। दसवीं में तो बुद्धि प्रकाश ने टॉप किया। पर सेना या पुलिस में जाने लायक नहीं रहा। क्योंकि शारीरिक परीक्षा में अयोग्य जो हो गया था। बुद्धि प्रकाश ने आगे की पढ़ाई जारी रखी और लगातार टॉप करता रहा।

शंकर परसाद मन ही मन बुद्धि प्रकाश से नफरत करने लगे। शंकर परसाद ठहरे भीषण दहेज लोभी। बुद्धि प्रकाश की आंख में चोट होने की वजह से, दहेज मिलने की संभावना न के बराबर थी।

बुद्धि प्रकाश ने सिविल सेवा की तैयारी की सोची। शंकर परसाद ने यह कहकर मना कर दिया यदि सिविल सेवा में सफल न हुए

तो क्या करोगे। आज के समय में जब की लड़कों को हर सुविधा उपलब्ध है । गांव के लड़के बड़ी-बड़ी प्रतियोगिताओं में झंडा गाड़ रहे हैं । तब बुद्धि प्रकाश जैसे कुशाग्र बुद्धि वाले लड़के की शंकर परसाद ने केवल इसलिए प्रतिभा दमित कर दी , वह अब उनकी दहेज पिपाशा को शांत नहीं कर सकता था।

बुद्धि प्रकाश को घर पर रहकर पढ़ने की सलाह दी गई। और घर के कामों में हाथ बटाने को भी कहा गया। बुद्धि प्रकाश सुबह से शाम घर के काम करता। सुबह-शाम जानवरों का चारा पानी करता। दिन में लेबर के साथ खेतों में काम करता ।

धीरे-धीरे बुद्धि प्रकाश की उम्र निकलने लगी यानी कि ओवर ऐज होने लगा । लोग बातें करने लगे की अब इसकी शादी होगी भी या नहीं । बुद्धि प्रकाश भी अपने आप में हीन भावना का शिकार हो गया । उसके चेहरे की रौनक ही चली गई। अब तो वह उदास मन से बस मशीन की तरह लगा रहता । बुद्धि प्रकाश की शादी के संबंध में मजाक उड़ाने वालों में, सबसे आगे उसके पिता का ही हाथ था। जहां भी बैठते ,एक ही चर्चा शुरू करते कि अब बुद्धि प्रकाश की शादी संभव नहीं है। कहीं से कैसा भी हो बस रिश्ता ले आओ हम कर लेंगे ।

शंकर परसाद को अपनी शादी का बहुत घमंड था। शंकर परसाद की शादी बड़े धूमधाम से हुई थी । शंकर परसाद हर किसी की शादी में कुछ न कुछ नुक्स निकालते रहते । सबको मिले दहेज की चर्चा करते । खुद की शादी में मिले दहेज को सबसे ऊपर रखते और बढ़ा चढ़ा कर गिनवाते।

जब भी कोई शादी वाला आता, तो उससे इतने दहेज की डिमांड रखते कि आदमी की हिम्मत हार जाती। एक तरफ कहते कैसी भी शादी करूंगा। दूसरी तरफ कहते, इतनी महंगाई में जेवर भी बनवाना पड़ेगा, दावत भी देनी पड़ेगी बारात भी ले जानी पड़ेगी उसमें भी खर्चा होगा। पैसे तो चाहिए।

एक बार एक शादी वाले बैठे थे। बातचीत चल रही थी बुद्धि प्रकाश को इन सब चीजों का कोई मतलब नहीं था । वह बस अपने जानवरों के चारा पानी, सानी आदि में लगा हुआ था। लड़की वालों ने पूछा," लड़का क्या करता है"। शंकर परसाद ने बुद्धि प्रकाश का मजाक बनाते हुए कहा," लड़के की सरकारी नौकरी लग गई है। अफसर हो गया है, वह देखो नौकरी कर रहा है"।

लड़की वाले भी झेंप गए। इस तरह से खुद के लड़के का मजाक बनाते पहली बार किसी को देखा । अक्सर ये देखा गया है, लड़का कितना भी नालायक, नकारा, आवारा, कैसा भी हो । बाप हमेशा तारीफ ही करता मिलेगा । बाप को अपना लड़का हमेशा सवाया लगता है ।

पर शंकर परसाद तो अपने को दूसरी दुनिया का प्राणी समझते थे। रोज अपने बुद्धि प्रकाश का मजाक बनाते। अब तो उन्हें नया मुद्दा भी मिल गया था। सरकारी नौकरी वाली कहानी हर किसी मिलने वाले को चटकारे ले लेकर सुनाते। कहानी में नमक मिर्च मसाला खुद जोड़ देते। गांव के लोग इस कहानी को, या बुद्धि प्रकाश की बुराइयों को बड़े मजे से सुनते। क्योंकि उनके लड़के न तो बुद्धि प्रकाश जैसे कुशाग्र थे, न चरित्रवान ,न सुशील । उन्हें बुद्धि प्रकाश से हमेशा जलन रहती, क्योंकि उनके लड़के आवारा थे। उनकी शिकायत आती रहती थी । जबकि बुद्धि प्रकाश को अपने काम से काम था । दुनियादारी उसके लिए दूर की कौड़ी थी।

बुद्धि प्रकाश केवल अपनी पितृभक्ति में घर पर मजदूर बन गया था। बुद्धि प्रकाश चाहता तो विद्रोह कर सकता था। कह सकता था कि मुझे आगे की पढ़ाई करनी है। पर बुद्धि प्रकाश के लिए अपने पिता

की आज्ञा ही सर्वोपरि थी। चाहे उसकी आने वाली जिंदगी नरक ही क्यों न हो जाए।

आखिरकार एक दिन ऐसे लोग मिल ही गए जो बुद्धि प्रकाश की आंख की चोट के बावजूद ,शंकर परसाद को मुंह मांगे पैसे देने को तैयार थे । साधारण समझने वाली बात थी, जरूर उनमें या उनकी लड़की में कोई खोट रही होगी जो वह जानते थे। खुद की कमी को ढकने के लिए अधिक पैसों की जरूरत होती है। जो उनके पास थे।

शंकर परसाद की मुंह मांगी मुराद पूरी हो गई। बुद्धि प्रकाश की शादी बिना उसकी जानकारी के तय कर दी गई। शादी के 2 दिन पहले बुद्धि प्रकाश को बताया गया। बुद्धि प्रकाश सीधी गाय की तरह बिना सींग चलाए दूल्हा बन गया। जिस बारात का गाना गाकर रुपए की दुहाई देते थे, बारात भी नहीं ले गए। बस कुछ चापलूसों की टोली जो शंकर प्रसाद के अहम की तुष्टि करके उनसे नाजायज लाभ उठाते थे, उन्हें ही ले गए। जेवर के नाम पर केवल ये ध्यान रखा गया कि कहीं लड़की वाले बारात ही वापस न कर दें । बुद्धि प्रकाश की शादी हो गई।

बुद्धि प्रकाश की बीवी ने अपना असली रूप दिखाना स्टार्ट कर दिया। बुद्धि प्रकाश की बीवी का नाम था सरला। नाम के ठीक विपरीत

गुणों वाली सरला, कुछ ज्यादा ही कठिन थी। सरला का खास गुण ये था कि वह कुछ भी अपने पेट में नहीं रखती थी। लोगों को क्या-क्या हजम हो जाता है। लोग किसी से कुछ मांग कर लाएं, हजम कर जाते हैं, वापस नहीं लौटाते। पर सरला के पेट में तो एक बात भी न पचती थी। सरला इधर सुनती उधर खोजने लगती, किसे बताना है। सुबह से शाम हर मिलने वाले को घर में होने वाली हर बात पता चलनी चाहिए ऐसा उसका मानना था। उसका भाव बहुत पारदर्शी था। वह कुछ भी छुपाना नहीं जानती थी।

शंकर परसाद का परिवार अभी तक इस पारदर्शिता के सुख से वंचित था। शंकर परसाद के घर में पहले यह हाल था कि लोगों को महीनो में पता चलता था कि उनके घर में क्या चल रहा है। पर अब सरला थी, पूरे गांव की मुखबिर।

दूसरा सबसे बड़ा गुण था सरला में , असरलता का। सरला मोहल्ले वालों से लेकर गांव वालों तक से बड़े प्यार मोहब्बत से बात करती। पर अपने घर वालों से जैसे, मौका मिलेगा तो मार कर खा जाएगी। सरला की सास जब कभी गांव में जाती तो सासपन की अदातानुसार, अपनी बहू की बोली भाषा को लेकर टिप्पणी करती। पर

यहां सरला के प्रशंसकों की भरमार थी। सब मिलकर सरला की सास को घेर लेते और कहते," चाची आपकी और बातें हम नहीं जानते, पर सरला जैसी मधुरभाषी हमने आज तक नहीं देखी। सरला के मुंह से तो जैसे फूल झड़ते हैं।

सरला की घरवालों के प्रति बेरुखी की वजह थी, उसके पिता द्वारा दिया गया धन। इस बात का उसने कई मौका पर ध्यान दिलाना भी जरूरी समझा। जब भी मौका मिलता वह डंके की चोट पर कहती, "मेरे बाप ने रुपए दिए हैं। किसी ने हमसे लबरने कोशिश करी तो ठिकाने लगा दूंगी"।

शंकर परसाद से यह सब बातें कहीं जाती तो शंकर परसाद भी यह कहकर टाल देते, उसके बाप ने रुपए दिए हैं तो सब लोगों को झेलना पड़ेगा।

एक दिन अचानक शंकर परसाद किसी काम से घर में चले गए। बहू आंगन में बैठी खाना खा रही थी। मामला तो यह बनता था कि शंकर परसाद को देखते ही बहू खाना छोड़कर कमरे में घुस जाती। पर सरला ठहरी सरल स्वभाव की। शंकर परसाद के लाख खांसने के बावजूद नहीं उठी। और बोली,-" अब खांस रहे, पहले ही खांस कर चले

आते। तब तो बहू का मुंह देखने का शौक लगा होगा। अब जब मुंह देख चुके हो तो खांसना चालू । अगर शर्म आ रही है तो बाहर जाओ और मुझे चैन से खाना खा लेने दो।"

शंकर परसाद के चेहरे की हवाइयां उड़ गईं। शंकर परसाद ठहरे तानाशाही रवैए वाले । उनसे आज तक किसी ने इस लहजे में बात नहीं की थी। उनके घर में घुसते ही मुर्दाई छा जाती थी। जैसे अभी-अभी किसी की मौत हुई हो। शंकर परसाद अपना गुस्सा न साध पाए और बोले,-" आपके पिताजी ने इतना भी नहीं सिखाया, कि बड़ों से कैसे बात की जाती है।"

सरला तो सरला ठहरी। बोली,-" बाप ने क्या सिखाया इस पर मत जाना। नहीं तो अकल ठिकाने लगवा दूंगी। दहेज के मुकदमे में डोकरी सहित जेल में चक्की पीसोगे"। शंकर परसाद को काटो तो खून नहीं। उनके जीवन का पहला अपमान उनकी अपने बुद्धि प्रकाश की बहू ने संपन्न किया।

शंकर परसाद की तानाशाही के परिणामों का अभी अंत नहीं हुआ था। सरला अपने सुकर्मों से परिवार में अक्सर कुछ न कुछ उपद्रव

खड़े किए रहती। इस शादी में बुद्धि प्रकाश ने अपना कुंवारापन ही नहीं छोड़ा था बल्कि परिवार के सुकून की भी बलि चढ़ाई थी।

एक रात शंकर परसाद नीचे आंगन में लेटे हुए थे। अचानक छत की तरफ से ईंट पत्थरों की बरसात होने लगी। शंकर परसाद जब तक कुछ समझ पाते , तब तक एक पत्थर उनके सिर में लग चुका था। उनके सर से खून का फव्वारा बह निकला। घर वालों ने इस फव्वारा को शंकर परसाद की तानाशाही की धार का नाम दिया।

आजकल अक्सर घर में ईंट पत्थरों की बरसात होती थी । जिसे भूतों के कृत्य का नाम दिया जाता था। कोई कहता यह सब टीले वाली डायन का करा धरा है । नहीं तो यह पत्थर तो यहां कहीं नहीं मिलता। कमाल की बात तो यह थी, भूत अलग-अलग दिशाओं से ईंट पत्थर इकट्ठे करता था , फिर शंकर परसाद सहित आसपास के घरों में पत्थर फेंकता । पता नहीं भूत को पत्थर फेंकने में क्या मजा आता था। शायद कभी बातों का फिकैत रहा होगा। आजकल पत्थर फेंक कर काम चला रहा था।

पूरे मोहल्ले में लोग पथरीले भूत के चक्कर में खुले में लेटना छोड़ चुके थे। बेचारों को रात भर मच्छर खाते, गर्मी में उबलने को मजबूर थे।

इतना साहस किसी में नहीं था कि बाहर लेटकर पत्थर खाएं। ना मालूम, सोते समय पत्थर किधर का किधर पड़ जाए, और ना घर के रहे ना घाट के । कहीं नाजुक जगह यानी की जनसंख्या बढ़ाने वाली जगह पर पड़ जाए और देश उनके योगदान से वंचित रह जाए।

शंकर परसाद ठहरे हिटलर, उन्हें तो किसी की बात न सुनने का तो जैसे नशा था। सो लेटे रहे खुले में और सर तुड़वा कर बैठ रहे। शंकर परसाद का पूरा शरीर खून से रंग गया। ऐसा लगता था जैसे किसी ने शंकर परसाद पर लाल रंग की होली खेली हो।

अभी तक केवल घर में चर्चा रहती थी की भूत चुड़ैल का चक्कर है। पर आज शंकर परसाद का सर फूटते ही, भगत जी तलाशे गए। हिटलरों की यह खास बात होती है , वह दूसरों के दर्द को दर्द नहीं समझते। उन्हें किसी के मरने जीने से कुछ फर्क नहीं पड़ता। हिटलर केवल अपना हित देखता है।

अब से पहले कभी इस घर में भगताई नहीं हुई थी। पर शंकर परसाद ने अब इस समस्या का हल निकालने की कसम खा ली । भगत लोग आते, जादू टोना करते पर दो-चार दिन के अंतर से फिर पत्थर फिकने लगते। कई भगत बदल गए । बेचारे मायूस होकर लौट जाते।

एक रात बुद्धि प्रकाश अपनी बीवी के साथ लेटा था। अचानक उसे महसूस हुआ कि बैड खाली है। पहले तो विचार किया, सरला बाथरूम में होगी। बुद्धि प्रकाश ने कुछ शंकित मन से सधे पांव से कमरे के बाहर कदम रखा। धीरे-धीरे चलते हुए चारों तरफ देखता जाता और मन ही मन डर भी रहा था। घर में आजकल पूरा भूतिया माहौल था।

अचानक उसकी निगाह छत पर एक कोने में गई जहां बाउंड्री थोड़ी ऊंची थी। अंधेरे में उसे लगा कोई वहां है। धीरे-धीरे चलकर पास पहुंचा तो देखा कि सरला पत्थर फेंकने की तैयारी कर रही है । सारा मामला उसकी समझ में आ गया। बुद्धि प्रकाश सरला को रंग हाथों पकड़ना चाहता था। जैसे ही सरला ने पत्थर फेंकना शुरू किया ,बुद्धि प्रकाश ने पीछे से उसका हाथ पकड़ लिया। सरल बहुत तेज भी थी। उसने समझ लिया मामला खुल गया है। वह तुरंत बुद्धि प्रकाश के पैरों पर गिर गई। पति आखिर पति होता है, मजबूर और जरूरतमंद। उसने सरला को आगे से ऐसा न करने की कसम खिलाकर छोड़ दिया।

कुछ दिन घर में शांति रही। सरला का मन अब बुद्धि प्रकाश से ऊब गया था। बुद्धि प्रकाश ठहरा सीधा-साधा भोला भाला। सरला ने मुहल्ले के एक लड़के से आंखे चार करना शुरू किया। लड़का भी आवारा

था सरला के काम में हाथ बंटा देता, और मौका मिलते ही हंसी मजाक कर लेता। धीरे-धीरे सरला ने उस लड़के की जरूरतें पूरी करना शुरू कर दिया। सरला को बुद्धि प्रकाश से कोई भय नहीं रह गया था। उसकी तरफ से तो वह निश्चिंत थी। क्योंकि जब बुद्धि प्रकाश ने पत्थर फेंकते सरेआम पकड़ने पर कुछ नहीं कहा, तो अब क्या कर लेगा। उसने बुद्धि प्रकाश के भोलेपन का खूब फायदा उठाया और उस मुस्टंडे को घर में ही रख लिया।

शंकर परसाद की बची खुची इज्जत अब नीलाम हो गई। हिटलर निर्दयी होते हैं, तो उन्हें इन भावनात्मक बर्बादियों का कुछ फर्क भी नहीं पड़ता। ऐसे में बुद्धि प्रकाश की दशा दयनीय थी। बुद्धि प्रकाश तो फिजूल में मारा गया। वह अब कर ही किया सकता था। पितृभक्ति ने उसका जीवन तहस नहस कर दिया।

बुद्धि प्रकाश की आंखों के सामने सरला गुलछर्रे उड़ाती। दिनदहाड़े लड़के के साथ बाजार जाती। बुद्धि प्रकाश से सीधे मुंह बात भी नहीं करती। शंकर परसाद के लालची रवैए ने बुद्धि प्रकाश की हसती खेलती जिंदगी बर्बाद कर दी। शंकर परसाद इतना सब होने के बावजूद यह मानने को तैयार नहीं थे। यह सब उनका करा धरा है। उलटे

बुद्धि प्रकाश पर दोष लगाते ,"साले तू ही बहू की केयर नहीं करता, तेरे निकम्मेपन ने घर बरबाद कर दिया।"

समाज भी शंकर परसाद को दोष देने को तैयार नहीं था। क्योंकि समाज में यह धारणा है पिता हमेशा अपने बच्चों की भलाई ही चाहता है। बुद्धि प्रकाश की जिंदगी में शंकर परसाद ने कितनी भलाई दिखाई यह तो किसी से छिपी न थी। कोई यह बात खुलकर कहने को तैयार न था। उल्टे बुद्धि प्रकाश की मर्दानगी पर भी दोष लगाए जाते।

आखिर बुद्धि प्रकाश ने वही किया जो उसे नहीं करना चाहिए था। बुद्धि प्रकाश को संघर्ष करना चाहिए था , अत्याचारी पिता और पत्नी के खिलाफ आवाज उठानी चाहिए थी। पर बुद्धि प्रकाश का मनोबल इतना ऊंचा न था। शंकर परसाद की चलती ने बुद्धि प्रकाश की जान ले ली।

आज भी शंकर परसाद लोगों से यही कहते सुने जाते हैं, " मैंने तो कहा था यह तो मरेगा एक दिन"। हाय निर्दयी बाप!

7– अखंड भारत

तीन दोस्त आपस में चर्चा कर रहे हैं-राजू,रामपाल, राजपाल

राजू- क्या लगता है आपको अखंड भारत कभी होना संभव है या कोरी कल्पना है। मैरे हिसाब से कठिन जरूर है पर असंभव नहीं। हम लोग अखंड भारत बनने में कठिनाइयां और बनने के बाद की परिस्थितियों पर विचार कर रहे हैं। मेरा एक विचार तो यह भी है कि जब छोटे से छोटे देश में लोग उसके और टुकड़े करके अपना निजी छोटा देश बनाना चाहते हैं ऐसे में अखंड भारत की कल्पना करना बेमानी है।

रामपाल- पिछले कुछ समय में अपने पड़ोसी बुरे हालातो से गुजरे हैं। उनके बुरे हालातो को देखकर हम लोगों के मन में सहिष्णुता जागी है। हालांकि उनके बुरे हालातो के वे खुद जिम्मेदार हैं । सही बात तो यह है कि बंदर के हाथ में उस्तरा दे दिया गया है । बंदर लग गया है खुद को मूड़ने में । बंदर हर हाल में उस्तरे का उपयोग करेगा और कट-पिट कर नष्ट हो जाएगा।

राजपाल- क्या लगता है मोदी जी के आने के बाद ही क्यों ऐसे हालात बने , इससे पहले तो दोनों पड़ोसी अच्छे से दिन काट रहे थे । जब चाहते आतंकवादी भेज देते थे। भारत की राजनीति में अस्थिरता पैदा कर देते।

पर आज खुद इतने अस्थिर हो गए कि अब संभल पाना मुश्किल लग रहा है।

राजू- इससे पहले की सरकारों ने उन्हें इतना भाव दिया था जैसे कि 'दुनिया के अन्य देशों के सामने गिड़गिड़ाते थे, पाकिस्तान हम पर हमला करता है मुझे बचा लो।' पाकिस्तान सीज फायर का उल्लंघन करता था और हम उससे रहम की भीख मांगते थे।

राजू- अच्छा चलो अब यह सब छोड़ो, कल्पना करो कि बांग्लादेश और पाकिस्तान दोनों ने भारत में विलय स्वीकार कर लिया और अखंड भारत का सपना पूरा हो गया तब क्या होगा।

रामपाल- होगा क्या पाकिस्तान की गरीबी भी मोदी जी को मिटानी पड़ेगी। अभी तक डेढ़ सौ करोड़ भारतवासियों का ख्याल रखना पड़ता था। अब 50 करोड़ और जोड़ लो। अब 200 करोड लोगों का ख्याल रखना होगा। जिनमें 50 करोड़ तो ऐसे नए लोग होंगे जो बिना कुछ करे बस अब तक आतंकवाद से पैसा कमाते आए हैं। अब मेहनत करने को बोलोगे तो उनकी नानी मरेगी।

राजपाल-यह तो ठीक है पर फायदा भी तो होगा। जैसे कि सेना का विस्तार हो जाएगा। सेना केवल बाहरी बॉर्डर पर ही लगानी पड़ेगी। बाकी

आर्मी अंदरूनी मामलों में काम आएगी। रक्षा बजट का बहुत सारा पैसा पाकिस्तान और बांग्लादेश बॉर्डर, खासकर पाकिस्तान बॉर्डर पर और कश्मीर समस्या पर लग जाता है। जो कि तीनों देश का मिलाकर दुनिया का सबसे अच्छा बजट होगा। जब इतना सारा पैसा विकास में लगेगा तो देश 2047 तक नहीं 2037 तक ही विकसित हो जाएगा। जिसमें गरीब पाकिस्तान और बांग्लादेश भी होगा।

राजू- अन्य देशों से विवाद ही कहां है, जो विवाद है वह पाकिस्तान और चीन से है। जब तीनों देश मिलकर एक हो जाएं तो चीन वैसे ही शांत हो जाएगा क्योंकि उसका सबसे बड़ा मार्केट यही तीनों देश हैं।

रामपाल- आप लोगों को क्या लगता है तीनों देश एक होने से क्या आतंकवाद और कट्टरवाद खत्म हो जाएगा। कुत्ते की दुम हैं ये लोग सालों साल भी दबा कर रखोगे निकलेंगे टेढ़ी। पहले आतंकवादियों को बॉर्डर पर ही ठोक देते थे, अब पूरा देश उनका भी होगा। कहीं भी बे-रोकटोक आ जा सकेंगे और बम ब्लास्ट होंगे। मेरे हिसाब से अखंड भारत एक दुस्वप्न साबित होगा।

राजपाल- हां हो सकता है कि इस तरह की समस्याएं आएं। पर मोदी जी जैसा शासन और 20 साल के लिए अखंड भारत को मिल जाए।

आतंकियों को उनके घर से ही उठवा कर खत्म कर दिया जाएगा। अखंड भारत बनने से भारत, दुनिया में सबसे बड़ी महाशक्ति बन जाएगा। आर्थिक, राजनीतिक और सामरिक दृष्टि से भारत का कोई मुकाबला नहीं कर सकेगा।

राजू- आप लोगों का विचार सत्य है। दोनों लोगों की शंकाएं सत्य हैं। अखंड भारत बनने से देश समृद्धि की नई ऊंचाइयां छूएगा, वहीं कट्टरवाद, वर्ग संघर्ष, सांप्रदायिकता और क्षेत्रवाद से बर्बादी की तरफ भी बढ़ेगा। इतना जरूर संभव है यदि कोई ऐसा शासक आ जाए जो बिना वोट बैंक देखे निर्णय ले तो कुछ हो सकता है।

रामपाल- आपको नहीं लगता पाकिस्तान और बांग्लादेश की मुस्लिम बहुल आबादी को देखते हुए नेता उनके हित की योजनाएं और कानून बनाएंगे। जिससे कट्टरवाद खत्म तो नहीं होगा बल्कि बढ और जाएगा। देशहित, वोट बैंक के आगे घुटने टेक देगा। अखंड भारत की बलि चढ़ जाएगी। राजनीतिक महत्वाकांक्षा में पड़ोसियों को भी अखंड भारत अस्वीकार्य होगा। पाकिस्तान और बांग्लादेश की जनता विद्रोह भी कर सकती है। तब आपकी सेना क्या करेगी। अभी बॉर्डर पर पहचान लिए जाते हैं, फिर घुसकर काटेंगे और आप रोक भी नहीं पाएंगे।

राजपाल- आप अधिक निगेटिव हो रहे हैं। यदि सही प्लानिंग से चला जाए तो सब कुछ संभव है। यदि सही योजना व तरीके से किया जाए तो आर्थिक, व्यापारिक और सांस्कृतिक स्तर पर हम दुनिया को कोसों पीछे छोड़ सकते हैं।

राजू- दोस्तों यदि अखंड भारत बना तो यह बर्बाद होती अर्थव्यवस्थाओं को औषधि का काम करेगा। तीनों देशों के नेता एक ही झंडे के नीचे होंगे। पाकिस्तान और बांग्लादेश में व्याप्त राजनीतिक भ्रष्टाचार खत्म हो जाएगा। पूरे देश में शांति और सद्भावना का माहौल तैयार किया जा सकता है।

रामपाल- क्या बात है राजू भाई, अखंड भारत बनने के बाद तीनों देशों के भ्रष्ट नेता सन्यासी हो जाएंगे। और सारी लूटपाट बंद कर देंगे। आप दिनदहाड़े सपने देख रहे हैं । सभी नेता जो एक दूसरे को गालियां देते हैं, गले मिलकर खुशियां मना रहे होंगे और सत्संग करने लगेंगे।

राजपाल- एक बात और जब यूरोपीय यूनियन बन सकता है, तो अखंड भारत क्यों नहीं । आपसी मतभेद तो उनमें भी रहे होंगे। ताकत मजबूत करने के लिए सबने मिलकर निर्णय लिया। अंग्रेजों के आने से पहले

क्या अखंड भारत नहीं था। तब विविधताएं नहीं थी। तब भी तो सारे धर्म के लोग एक साथ रहते थे।

राजू- अखंड भारत की संसद में सांसदों की संख्या बढ़ जाएगी, इसके लिए मोदी जी ने पहले से व्यवस्था कर रखी है। जो देश शामिल होंगे उनके राज्य की राज्य सरकारें यथावत रहेंगी । फिर देश की सीमा पूर्व से अरुणाचल , त्रिपुरा से लेकर पश्चिम में ईरान तक होंगी।

रामपाल - लगता है अभी आप होश में जोश खो रहे हैं। जब पाकिस्तान और बांग्लादेश के सांसद भी संसद में होंगे तो दोनों मिलकर ही दिल्ली में सरकार बनाएंगे और मनमाने कानून पास करेंगे। पाकिस्तान और बांग्लादेश का तो कुछ नहीं बिगड़ेगा पर भारत की बर्बादी हो जाएगी। पूरे देश में अराजकता फैल जाएगी।

राजपाल- जब पूरा उपमहाद्वीप एक हो जाएगा तो नेताओं में अकल आएगी। और सरकार विपक्ष की बात पर भी ध्यान देने लगेंगे। विपक्ष भी सरकार के कदम से कदम मिलाकर काम करेगा। ना की फिजूल की नारेबाजी । फिजूल का विरोध, जिसका विरोध करना है उसका भी और जो सही निर्णय है उसका भी विरोध। विपक्ष सरकार को सही सलाह देगा।

रामपाल- लगता है राजपाल जी के नेता अखंड भारत बनते ही सुबह-सुबह योगासन करने बैठ जाएंगे। और उनकी धन लोलुपता, लूटपाट और घोटालों वाली मानसिकता सब खत्म हो जाएगी। नेता योगा कर करके अपने विचार शुद्ध करके देश चलाएंगे । कोई भी जाति और धर्म के नाम पर राजनीतिक रोटियां नहीं सकेगा।

राजू- रामपाल जी आपने अनजाने में एक बढ़िया आईडिया दिया है । अखंड भारत बनने के बाद संसद के बाहर एक योगासन सेंटर खोलना चाहिए। इसमें सभी नेता सुबह-शाम योगासन करेंगे और भाईचारा फैलाएंगे।

राजपाल- सही बात है, मानो ऐसा होगा कि पाकिस्तान के कट्टरपंथी और बांग्लादेश के कट्टरपंथी, मोदी जी के गले मिलेंगे और एक दूसरे का साथ देने का वादा करेंगे। देश में कोई घुसपैठिया नहीं होगा क्योंकि सारे के सारे घुसपैठिए तो कहीं भी बेरोकटोक आ जा सकेंगे। संसद में 543 की जगह 800 सांसद होंगे। पाकिस्तान और बांग्लादेश घूमने के लिए वीजा भी नहीं लगेगा। अखंड भारत बनने के बाद अब पूरी दुनिया में भारत के सांस्कृतिक कलाकारों का जलवा होगा और क्रिकेट में तो और भी कंपटीशन बढ़ जाएगी। अब से पहले पाकिस्तान में दुनिया के सबसे

तेज गेंदबाज और भारत में दुनिया के सर्वश्रेष्ठ बल्लेबाज होते थे। अब जो टीम बनेगी वह दुनिया की सबसे बेहतरीन टीम होगी।

अभी तक मोदी जी केवल भारत में स्वच्छ भारत अभियान चलाते थे। अखंड भारत बनने के बाद पाकिस्तान और बांग्लादेश की भी गंदगी साफ करनी पड़ेगी । इसमें सबसे बड़ा नुकसान उन देशों का होगा जो हम तीनों को आपस में लड़ा कर अपने हथियार बेंचते थे शायद अब उनकी नफरत की दुकान बंद हो जाए।

रामपाल- दिल बहलाने के लिए ख्याल अच्छा है

राजू- अखंड भारत बनते ही संयुक्त राष्ट्र की बैठक होगी। पूरी दुनिया में हलचल मच जाएगी। आखिर नदी के दो किनारे आपस में मिल कैसे गए? कुछ लोग तो पाकिस्तान के लिए बोलेंगे , यह तो कुत्ते की दुम भी सीधी हो गई। चीन सबसे बड़ी मुश्किल में फंस जाएगा क्योंकि उसका धंधा ही पाकिस्तान और हिंदुस्तान के भरोसा चलता है । ऐसे में सबसे बड़ी मुश्किल उनकी भी आएगी जो सोचेंगे अब साथ किसका दें भारत का या पाकिस्तान का।

रामपाल- दोस्तों आप लोगों की बकवास समाप्त हो गई हो तो सुनो;"पाकिस्तान और बांग्लादेश का भारत में विलय एक ऐसा विषय है

जो दुनिया भर के लिए अप्रत्याशित चुनौती और साथ ही एक मजेदार तमाशा भी बन सकता है। इससे न केवल वैश्विक राजनीति में भूचाल आएगा बल्कि आर्थिक , सामरिक, सामाजिक और सांस्कृतिक स्तर पर भी नई स्थितियों का निर्माण करेगा। जहां एक तरफ दुनिया को इस नए तरह के विलय को समझने में परेशानी होगी। वहीं इस चुनौती से निपटने की तैयारी करेगी। या बस इसे कुछ दिनों का तमाशा समझकर टाल देगी।

यह एक ऐसा विषय है जिसके बस सपने देखे जा सकते हैं इसे धरातल पर लाना, लोहे के चने चबाना है। साधारण भाषा में असंभव है। आज के वातावरण में किसी देश के टुकड़े तो हो सकते हैं। पर इकट्ठे नहीं हो सकते चाहे गरीबी, आतंकवाद और भुखमरी में बर्बाद और भिखमंगे ही क्यों ना हो जाएं। तथाकथित धर्म के ठेकेदार , जनता और उसके धन को बहाने-बहाने से सालों साल लूटते रहेंगे। शायद एक बड़ी क्रांति के बाद कभी आप लोगों का सपना साकार हो सके।

8-दादू से दादागिरी

पास के गांव में एक निमंत्रण में जाना हुआ। जहां मेरी मुलाकात हमारे क्षेत्र के जाने-माने प्रतिष्ठित अध्यापक और नेताजी से हुई। यह कोई दो व्यक्ति नहीं थे। एक अध्यापक थे , जो कालांतर में सक्रिय राजनीति में उतर गए। विद्यालय में पढाने के लिए एक लड़के को ₹5000 पर रख लिया। जो कि नेताजी की जगह उन बच्चों को शिक्षित बनाने की पुरजोर कोशिश करता है। नेताजी को राजनीतिक कार्यों से फुर्सत ही कहां मिलती थी।

निमंत्रण क्या , छोटा सा प्रोग्राम था, पर नेताजी को निमंत्रण आवश्यक था। नेताओं से तो लोग बनाकर चलते हैं। यह आज के समय के परमात्मा हैं। क्या पता कब काम पड़ जाए। परमात्मा की पूजा से फल मिलने की आशा है। पर इन नेता रुपी परमात्मा से काम पड़ने और समाधान होने की आशा ही नहीं विश्वास भी है। ऐसे में मेरा निमंत्रण होना एक ताज्जुब की बात थी।

खैर जब हम निमंत्रण में पहुंचे तो खाना बन रहा था। खाना स्टार्ट होने में देर थी। मुझे दूसरी जगह तो जाना था, पर ज्यादा जल्दी नहीं थी। नेताजी को तो कई निमंत्रण अटेंड करने थे। नेताजी से लोग दादू

कहते थे। यह उनका फेमस नाम था। पूरे जिले में उन्हें दादू नाम से ही पुकारा जाता था । दादू रिश्ते में मेरे भतीजे थे । मुझसे, उनकी उम्र काफी ज्यादा थी। पर दादू हमेशा बहुत सम्मान करते थे। दादू का राजनीति में सफल होने की सबसे बड़ी वजह उनकी सहृदयता थी ।

दादू से हर कोई अपनी पहचान बनाना चाहता था। लोग आते दादू के पैर छूते और ऐसी जगह खड़े हो जाते, जहां से दादू ठीक से देख सकें। मैंने देखा यह क्रम काफी देर चलता रहा। लोग किसी न किसी बहाने से दादू से बात भी करना चाहते थे। कई लोग तो बिना बात के भी बात करते और दादू मुस्कुरा कर ही जवाब देते। उन्हें भी मालूम था सब चमत्कार को नमस्कार है। संयोग बस या कह लो जानबूझकर, मैं भी दादू के बगल वाली कुर्सी पर बैठा हुआ था। और अपने आप को सौभाग्य शाली समझ रहा था।

खाना स्टार्ट होने में देर होते देख, दादू ने मुझे कुछ नाश्ता लाने के लिए इशारा किया। मुझे भी भूख लग रही थी। दूसरे दादू जैसे बड़े नेता की सेवा करने का मौका मिल रहा था। मुझे आदेश देकर ही उन्होंने कृतार्थ कर दिया था। आसपास खड़े सभी लोगों की नजरों में मेरा स्तर उठ गया

था। मैंने देखा लोग मेरी तरफ बड़े ध्यान से देख रहे हैं। या हो सकता है यह मुझे बस एहसास ही हो रहा था।

खाना टेबल पर डोंगों में सजाया जा चुका था। बस पूड़ी बन रही थी। पूड़ी बनने के बाद पूजा पाठ होना था। पूजा विधि में वहां की रिवाज थी, कि सबसे पहले हर पकवान एक थाली में सजाया जाता फिर ठाकुर जी के भोग के लिए ले जाया जाता था। मुझे उनके इस रिवाज की कोई जानकारी नहीं थी। मैं तो दादू जी के आदेश के बाद आसमान में उड़ रहा था। पैर जमीन पर नहीं पड़ रहे थे। बहुतों की भीड़ में खुद को खास महसूस करने का यह पहला मौका था।

डोंगो को खोल खोल कर चैक किया तो लजीज नाश्ते की सुगंध मेरी नाक में घुसी। भूख ने जोर पकडा। सही गलत का ख्याल जाता रहा। सामान्य समय में या जब भावनाओं का तूफान न जोर पकड़े हो तो शायद मैं इतना नासमझ न होता कि कोई भी खाना नहीं खा रहा है। खाना स्टार्ट ही नहीं हुआ और मैं जाकर सीधा खाने लग जाता।

भावातिरेक का परिणाम यह हुआ कि मैंने लगभग सभी पकवानों का जाएका लिया। जायका लेने के बहाने पेट पूजा भी हो गई। प्लेट सजाई और दादू भाई के सामने उपस्थित हो गया। दादू भाई भी

जल्दी में थे। उन्होंने भी डट कर नाश्ता किया। प्लेटें साफ करके फुर्सत ही हुए थे, तब तक चिल्ल पुकार पड़ गई।

किसी ने घर में जाकर सूचित कर दिया था, कि दादू भाई ने अपनी जल्दी के चक्कर में खाना खराब करवा दिया है। बिना ठाकुर जी का भोग लगे दादू भाई खाना जूठा कर चुके हैं। इस घर की मालकिन थी डॉक्टरनी। डॉक्टरनी केवल उनका नाम था। डॉक्टरी से उनका दूर-दूर तक कोई नाता नहीं था। हो सकता है डॉक्टरी तो छोड़ो उन्हें किसी भी प्रकार की ए बी सी डी न आती हो । डॉक्टरनी एक खूंखार महिला थी। जिनके लिए किसी की भी इज्जत उतारने में कुछ सेकंड्स का वक्त लगता था। वैसे तो दादू भाई का बहुत सम्मान था। उनकी इस भूल के लिए खास विचार करने की आवश्यकता वैसे ही नहीं थी।

दादू भाई को वैसे ही नेता होने की वजह से भगवान का दर्जा प्राप्त था। उन्होंने तो बस अपने हिस्से का भोग ग्रहण किया था। इतना शोर करना फिजूल था । इतना विरोध और शोर देखकर मैं सोचने लगा, यदि ठाकुर जी भी सचमुच मूर्ति से बाहर निकल कर भोजन करने लगे । तो लोग उन्हें भी गरियाने लगेंगे। क्योंकि दादू की दुर्दशा देखकर मुझे तो बहुत अचंभा हुआ। जो लोग अभी उनके पैरों पर पड़ रहे थे। वही अब उन्हें

कोस रहे थे,-" इतनी तसल्ली नहीं हुई । थोड़ी देर रुक जाते। खाना कहीं भागा जा रहा था। नेता होते ही लगता है लोग कमीन हो जाते हैं।" खास बात यह थी इस तमाशे में कोई मुझे नहीं लपेट रहा था। जबकि दादू के साथ-साथ मैं भी इस अपराध में सहभागी था।

डॉक्टरनी जब घर से निकली, तो मुझे एहसास हुआ कि वास्तव में महिलाएं दुर्गा, चंडी या कितना ही भयंकर रूप ले सकती हैं। डॉक्टरनी ने न तो भीड़ देखी ना दादू की इज्जत का ख्याल किया। सीधा-सीधा दादू से जवाब तलब कर दिया। डॉक्टरनी बोली," नेताजी तुम तो कम से कम समझदारी का काम करते। और कोई ऐसा करे तो और बात। तुम तो दुनिया में जाते हो, लोगों में उठते बैठते हो। फिर भी इतना ज्ञान नहीं था । इतने भूखे थे कि बिना भोग लगे ही टूट पड़े भोजन पर।

दादू वैसे तो बात करने में तेज थे। पर डॉक्टरनी के सामने उनका तेज फीका था। दादू झेंपते हुए बोले," मुझे क्या पता था कि आपके यहां खाना रात होने पर ही मिलेगा। आइंदा आपके घर आऊंगा तो ख्याल रखूंगा।"

डॉक्टरनी भी छंटी हुई गवांर थी। इतने छोटे उत्तर से कहां मानने वाली थी, बोली "आपकी गलती मानने से भोग तो नहीं लग जाएगा। अब ठाकुर जी के लिए दोबारा भोग बनाना पड़ेगा।"

इतने में बहुत लोग इकट्ठे हो गए। जो लोग दादू की तरक्की से जलते थे। मन ही मन खुश हो रहे थे। जिन लोगों को दादू से वाकई हमदर्दी थी। डॉक्टरनी को समझाते थे। काफी देर की हील हुज्जत के बाद मामला शांत हुआ। जब हलवाई ने दोबारा भोग बनाना स्वीकार किया और मंदिर के महंत जी ने ठाकुर जी की तरफ से वही भोग चढ़ाना स्वीकार किया।

इस कांड के बाद जब मेरी मुलाकात दादू से हुई, तो मैं उस दिन की घटना को लेकर शर्मिंदा था। दादू से इस बाबत चर्चा की तो दादू के विचार सुनकर तो मेरी आंखें खुल गई। बोले,

" चाचा जी राजनीति में ना तो बेज्जती होती है ना इज्जत होती है। ना बेज्जती की परवाह की जाती है न ही इज्जत की परवाह की जाती है। यदि इन सभी भावनाओं का हम ख्याल करने लगे तो चौथे दिन हमारा चौथा और तेरहवें दिन हमारी तेरहवीं हो जाएगी। चाहे चर्चा मेरे पक्ष में हो रही हो या विपक्ष में बस चर्चा होनी चाहिए। इससे भी हमारी लोकप्रियता

ही बढ़ती है। राजनीति में ना कोई स्थाई दोस्त होता है , ना स्थाई दुश्मन होता है। होता है तो बस मौका। जिस किसी को मौका मिलता है बस मौके का फायदा उठाता है। जो लोग सरकार के विपक्ष में होते हैं सरकार को मुंह भर भर कर गालियां देते हैं। वही लोग जब सरकार में आते हैं तो सरकार वाले विपक्ष में बैठते हैं। और गालियां देने लगते हैं।"

"सदन और मीडिया के अलावा हमेशा इकट्ठे बैठते हैं। खाना खाते हैं, चाय नाश्ता करते हैं, मजाक करते हैं, एक दूसरे के यहां निमंत्रण में जाते हैं । जनता को लगता है कि मेरा नेता मेरे लिए लड़ रहा है। जबकि ऐसा कुछ नहीं होता। "

"हमारे ऊपर भरे बाजार, हजार जूते भी पड़ जाए । तो झाड़ पौंछ कर वैसे के वैसे। फूलों की हजार मालाएं पड़ जाए तो वैसे के वैसे। जनता की समस्याएं यदि दिल पर ले लें तो मरना हो जाएगा। कुछ सुनते हैं कुछ अनसुनी करते हैं। कुछ का हल निकालते हैं। कुछ अपने आप हल हो जाती हैं। और लोग मेरी वाहवाही करते हैं।"

"जिनकी समस्याएं हल नहीं होती। वे भी नाराज नहीं हो सकते । क्योंकि उन्हें पता है, क्या पता नेताजी कब काम आ जाएं। बिगाड़ भी उनका कुछ पाएंगे नहीं। तो लड़ाई क्यों लेनी। जब नेताओं का परमात्मा

कुछ नहीं बिगाड़ सकते। तो आम आदमी की क्या औकात। अहम ब्रह्मास्मि!

नेता कथा सुनकर मेरी तो जैसे आंखें खुल गई। मुझे लगने लगा जैसे इन नेताओं को तो अमर होने का वरदान प्राप्त है। तो मैं भी कुछ सेवा करके कृतार्थ क्यों न हो जाऊं।

9– बुआ जी

एक बार जब गांव गया तो कुछ अलग सा लग रहा था। गौर किया कि क्या बात है जो मुझे अलग लग रही है। तो अचानक उस करीब 80 साल पुरानी आंखों की तस्वीर मेरे जेहन में उतर गई। वे आंखें जिन्होंने अस्सी बसंत जरूर देखे मगर कभी बसंत की मधुर बयार भी मधुर ना लगी। जहां तक मैं जानता हूं, और लोगों के मुंह से भी सुना था । इस जन्म में तो उस दिव्य स्वरूप महिला ने कोई ऐसा काम नहीं किया जो इतना कष्ट उठाना पड़े। वैसे भी आजकल परमात्मा ने सारे नियम कानून में परिवर्तन कर दिया है। कलयुग को ध्यान में रखकर संविधान ही बदल दिया है। वे जो घूसखोरी करते हैं, जनता की खून पसीने की कमाई अपने जेबों में भर रहे हैं । रोज नये झूठे वादों के साथ आ जाते हैं। चुनाव के बाद गधे के सींग की तरह गायब हो जाते हैं । उन पर कोई कष्ट आते नहीं देखा। पर उस बुढिया को कभी सुख नसीब नहीं हुआ। या यूं समझिए कष्टों और परेशानियों से तो उसका नाता हो गया था। शायद ये सब उसके पिछले जन्मों का फल रहा होगा। जो इस तरह विधाता रूठा हुआ था।

वैसे उनके नाम पर विचार किया जाए तो बहुत अचरज होता है । उनका नाम था कौशल्या देवी यानी कि भगवान श्री रामचन्द्र जी की माताश्री। और उनके पति का भी नाम था चंपक लाल। चंपक लाल, यथा नाम तथा गुण। पर उनके जीवन में न तो कौशल्या जी जैसा वैभव आया न रामचन्द्र जी जैसे पुत्र ही मिले।

उन्हें ससुराल के साथ मायके का भी सारा धन संपत्ति मिला था। उनके कोई भाई नहीं था । उनके पिताजी ने अपने बेटी व दामाद दोनों को अपने घर बुला लिया। दोनों वहीं रहने लगे। उनकी जायदाद में दो कच्चे घर, बीच गांव में जगह, चालीस बीघा नकसी जमीन मिली थी। बाप दादा की संपत्ति के साथ ही साथ ससुराल में भी सम्पत्ति मिलने से उनके मुकाबले कौन था।

इस प्रकार उनका जीवन खुशहाल बीतना चाहिए था। साथ-साथ भगवान ने उन्हें छः बच्चे भी दिए। पांच लड़के, एक लड़की। उनके बच्चों के बचपन के साथ ही उनका सुख भी चला गया। बच्चे जवान हो रहे थे। अब उनकी शादी की फिक्र थी। सबसे बड़े लड़के को चुन्नी नाम से बुलाते थे। बहुत ही सीधा-साधा व सज्जन था। सबसे पहले उसकी शादी की। शादी के 6 महीने बाद चुन्नी को राज्यक्ष्मा यानी कि टीबी ने घेर लिया । उस जमाने में टीबी का कोई इलाज नहीं था। कुछ दिन में उसकी मृत्यु हो गई। बुआ जी के जीवन की दुखद शुरुआत यहां से होती है। अभी तक तो बुआ जी राजकुमारी की तरह पली बढ़ी थी । भरी जवानी में लड़के की मृत्यु, विधवा बहू घर पर बैठी थी। बहू की विदा छोटे वाले के लिए कर दी। छोटा वाला शराब पीता था। जुआ खेलता था। गलत संगत के कारण उसकी दशा बहुत दयनीय हो गई थी । बहू से यह सब न देखा गया। एक दिन घर छोड़कर चली गई। बहू की बहू गई , और बदनामी और हो गई । लोग तरह तरह की बातें करते। छोटे की वजह से गई, तो कोई कहता बुआ जी उसे घर में अधिक परेशान करती थीं। जाती क्या न करती।

छोटा वाला जो शराब पीता था। उसका नाम था महावीर। शराब पीते पीते उसके गुर्दे गल गए। एक साल बाद वह भी चला गया। अब बुआ जी के चार बच्चे बचे थे। लड़की की शादी शिकोहाबाद कर दी। दामाद जी किसी फैक्ट्री में काम करते थे। उनकी तो गुजर बस ठीक से होती थी। वही पुरानी कहानी इन लड़कों के साथ हुई। एक तो अचानक खत्म हो गया, पता नहीं चला। सबसे छोटे का नाम था महेश। बहुत सज्जन था। हर किसी के दुख सुख में शामिल होना उसे अच्छा लगता था। सबसे मिलजुल कर रहता था। एक दिन साइकिल से कहीं जा रहा था , मोटरसाइकिल से टकरा गया। उसे,उस समय कुछ नहीं मालूम पड़ा । क्योंकि शरीर से बहुत मजबूत था। चोट छाती में लगी जो अंदरूनी थी।

कुछ दिन बाद सर्दी के मौसम में दर्द उखड़ गया। ऐसा नहीं ऐसा दर्द हुआ कि महेश को लेकर ही गया। दिन रात कराहता था बेचारा । लोग कहने लगे थे अब तो उसका मरना ही ठीक होगा महेश के मरने से फूफा जी को बहुत गहरा धक्का लगा। अब एक अकेला बचा मधुसूदन शर्मा । जिसे कोई न कोई बीमारी हमेशा लगी रहती। दिमाग से भी इतना तेज नहीं था। काम करने वाला कोई नहीं। लोगों की नजर खेती पर लग गई । अब तक कोई हाल पूछने वाला भी नहीं था। आज कल दिनभर फूफा जी के घर हुक्का,तंबाकू और गुड़ पानी चलता। एक तरफ बीमारी का , दूसरा लोगों की भीड़ का खर्च ।

आखिरकार कब तक जमीन बची रहती । पांच बीघा बेचनी पड़ी। मधुसूदन शर्मा की शादी कर दी गई । एक नया खर्च शुरू हो गया। दो साल बाद मधुसूदन शर्मा के घर लड़की हुई मातम छा गया । इसी उधार पानी में दिन कट रहे

थे कि मधुसूदन शर्मा के घर लगातार पांच कन्याओं ने जन्म लिया। जमीन बेचना तो स्वाभाविक था। लोग कर्ज भी खुले दिल से देते थे। मालूम था बढई राजा की खेती तो है ही । बुआ जी सब कुछ देख रहीं थी। बुआ जी का स्वास्थ्य गिरना तय था। बुआ जी शरीर से बहुत कमजोर हो गईं । कोई नहीं कहता अब ज्यादा दिन जिंदा रहेंगी । मगर उन्हें तो और भी कष्ट देखना बाकी थे। तो मरती कैसे । बुआ, फूफा जी के सामने ही बड़ी लड़की शादी लायक हो गई । लड़का देखा जाने लगा । घर में दो पैसे नहीं थे अपनी कमाई के। कर्ज जो मिल रहा था । इतने राजसी ठाठ बाट से तो सेठ साहूकार नहीं रहते होंगे,जितने ठाठ से गांव में मधुसूदन शर्मा की लड़कियां रहती थी।

मधुसूदन शर्मा की लड़की की शादी कर दी गई। कुछ दिन बाद बुआ जी के हाथ की चूड़ियां भी टूट गई । एक रात को फूफा जी ने भी इस संसार से अलविदा कह दिया। बुआ जी की जिंदगी का एक खुश दिन और आया , जब मधुसूदन शर्मा के लड़के ने जन्म लिया। उस दिन बुआ जी कितनी खुश थी यह तो देखते ही बनता था। पांच लड़कियों के बाद लड़के ने जन्म लिया था। खुशी की बात तो थी। और कर्ज देने वाले भी खुश थे क्योंकि खेती जो हथियानी थी।

पांच बीघा फिर से बेचनी पड़ गई। बेचारे संदीप जो मधुसूदन शर्मा के उस लड़के का नाम था। उसके लिए ही यह सब खर्च हो रहा था । पर उसके भविष्य के बारे में किसी को कोई मतलब नहीं था। एक और करारा झटका बुआ जी को तब लगा जब उनके दामाद जी भी दुनिया से कूच कर गए। कष्ट सहन करने के मामले में बुआ जी का भी कोई जवाब नहीं था। इतना सब होने के बावजूद वही

फुर्ती थी उनके शरीर में। हां उनका खाना जरूर बंद हो गया था। दिन में केवल एक रोटी खाकर पता नहीं कैसे जी रही थी। मधुसूदन शर्मा की बड़ी लड़की के यहां से रोज शिकायत आने लगीं। लड़का उसे परेशान कर रहा था। इस प्रकार एक और दर्द बुआ जी के कलेजे के लिए बन गया।

कुछ दिन बाद उससे छोटी लड़की की शादी भी धूमधाम से कर दी गई। आठ बीघा और चली गई। दिन गुजरते गए। बुआ जी की आंखें मौत का इंतजार करते-करते थक चुकी थीं । मरना फिर भी पड़ता है। हां मरता हर कोई है, पर इतना कष्ट सहन करने, देखने के बाद मरना बहुत ही कष्टदायक होता है। दुनिया कितना ही समझाए या खुद ही मन को कितना भी समझाया जाए पर बाल बच्चों के मोह को त्याग पाना या खुद की आंखों के सामने काल के गाल में जाते देखना असहनीय होता है। इस प्रकार एक दिन बुआ जी सुबह उठीं और नहाया , पूजा की, खाना खाया । दोपहर में दरवाजे पर बैठकर आने जाने वालों से बातें करना उनका प्रतिदिन का काम था। रोज की तरह आज भी बैठीं और फिर कभी उठी ही नहीं। नातिन स्कूल से पढ़ कर लौटी तो देखा बुआ जी कुछ नहीं बोली । नहीं तो कुछ ना कुछ जरूर कहतीं थी।

उसने अपनी मम्मी को बुलाया देखा तो बुआ जी स्वर्ग सिधार चुकी थीं। दरवाजे की तरफ देखा तो सब कुछ वहीं था बस बुआ जी के अलावा। ऐसी सहनशक्ति की देवी को देखकर और सुनकर तो आंखों के आंसू आ जाना स्वाभाविक है। मैं भी मन ही मन रो रहा था । जिसे चुप भी कराए तो कौन कराए। भगवान अब तो बुआ जी की आत्मा को शांति दे।

10– अनहोनी

अपने घर में दीपक जलाकर सोचा चलो ताऊ जी के घर की दीपावली देखकर आता हूं। क्योंकि अपने घर की दीपावली अपने घर से देखने में मजा नहीं आता। दूर से देखने पर अच्छी दीपावली दिखाई देती है। देखने में मेरा घर ताऊ जी के घर से बड़ा है, मगर हर साल उनके घर दीपक मोमबत्ती मेरे घर से कई गुना ज्यादा आते हैं । परंतु इस बार हर साल की तरह रोनक नहीं दिखी, तो मैंने पूछा," ताऊजी इस बार कितने दीपक मंगाए । अबकी बार कुछ मजा नहीं आ रहा है ।" ताऊजी बोले, " इस बार दीपक नहीं मंगाए, पिछले साल के रखे थे।" इतना सुनते ही मेरे दिमाग में पिछले साल का वाकया घूम गया। कैसी अनहोनी थी वह , ना देखने लायक ना सुनने लायक। दिल दहला देने वाली। मेरे घर के सामने ही, ताऊ जी के घर के पीछे एक राम सिंह नाम के भाई साहब रहते हैं। उनका परिवार तो अधिक बड़ा नहीं है। मगर घर में अनचाही वस्तु उनकी मां अभी जिंदा है। मां अनचाही इसलिए, क्योंकि आए दिन सुनने में आता है कि रामसिंह ने अपनी मां को पीटा। दो रोटी के लिए उस बेचारी अबला को यदि कोई पीट रहा है तो अनचाही ही हुई । पत्नी के प्रेम में मां की दुर्दशा करना जैसे आज कल का फैशन बन गया है। लोग पत्नी को दो बात कहने से घबराते हैं, कहीं फांसी लगा ली या आत्महत्या कर ली तो दहेज एक्ट में जेल काटनी पड़ेगी। तो मां ही मिलती है जो

कितना ही बुरा बर्ताव कर लो, बुरा नहीं सोच सकती । मां हमेशा अपने पुत्र के लिए भला ही सोचेगी। उसकी सभी प्रार्थनाएं पुत्र की भलाई के लिए ही होती हैं। पूत तो अनेक कपूत मिलेंगे पर माता कुमाता नहीं मिलेगी।

खैर, घर में अच्छी बुरी बातें तो होती रहती हैं । इतना भी बुरा जमाना नहीं आ गया, कि बाप के नाराज हो जाने से लड़का फांसी लगा ले। मगर ऐसा ही हुआ राम सिंह भाई साहब के इकलौता लड़का था करीब 16 –17 साल का रहा होगा शरीर से खूब हट्टा कट्टा हो गया था। खेती और घर का काम देखने लगा था।

जैसा सुनने में आया उसके अनुसार तो कुछ खास बात नहीं थी। महेंद्र ने जानवरों को पानी समय से नहीं पिलाया था । जानवरों को पानी नहीं पिलाया तो बाप का गुस्सा होना स्वाभाविक था। इसी बात को लेकर रामसिंह बोले, " आज त्यौहार के दिन तुम तो खाना और पकवान खा रहे हो। उन बेचारे जानवरों को पानी तक नहीं पिलाया। जाओ और जानवरों को पानी पिलाओ तब खाना खाओ।"

महेंद्र उस समय खाना खा रहा था। अब बात तो खास नहीं थी। मगर वह सोच रहा था, "आज तक मेरे पापा ने कुछ नहीं कहा, अचानक इतना डांट रहे हैं। बहुत दिनों से देख रहा हूं पूरा घर मेरे ऊपर खीझता रहता है। घर का सारा काम मैं ही करता हूं । और पढ़ने भी जाता हूं । मेरी जरूरत अभी नहीं मालूम हो रही। जब मर जाऊंगा तो पता चलेगा।" आत्महत्या के विचार आना प्रारम्भ होते ही यदि दिमाग को सकारात्मक विचारों से न समझाया तो लोग इतना खतरनाक कदम

उठा ही लेते हैं। जरूरी नहीं कोई दूसरा आकर समझाए, कभी कभी मनुष्य का मस्तिष्क खुद भी सकारात्मक विचारों से नकारात्मक विचारों को नष्ट कर देता है। परन्तु जिसके जीवन की डोर परमात्मा के घर से कट चुकी हो तो मरने के सभी बहने स्वतः उत्पन्न हो जाते हैं।

वह कहते हैं ' विनाश काले विपरीत बुद्धि'। उसके दिमाग में उल्टे सीधे विचार आ रहे थे। शायद उसका समय आ गया था। महेंद्र वहां से उठा सीधा खेतों पर चला गया। लोगों ने जाते हुए भी देखा। उन्हें क्या मालूम था की फांसी लगाने जा रहा है। अनहोनी कहकर तो नहीं आती। उसने सीधे जाकर आम के पेड़ पर एक बहुत ही पतली सी डाल पर अंगौछे से फांसी लगा ली। अगर वही लड़का वैसे उस डाल को पकड़ कर लटकता तो निश्चित रूप से टूट जाती क्योंकि इतनी पतली थी। दूसरे आम की। मगर उसकी तो मौत थी, कहां जाती। इधर रामसिंह ने सोचा गुस्सा होकर गया है, पुलिया पर बैठा होगा। गांव के बाहर एक पुलिया पर लड़के मस्ती करते, गप्प लड़ाते थे। वहां लड़के बैठे होंगे उनके साथ बैठा होगा। जब बहुत देर हो गई तो रामसिंह महेंद्र को खोजने निकले। लेकिन अब बहुत देर हो चुकी थी। पुलिया पर जाकर पूछा, तो बताया वहां तो नहीं गया। पता नहीं किस विचार से खेतों की ओर चल दिए। कुछ ही दूर चले होंगे कि सामने पेड़ पर लटकती लड़के की लाश देखकर सारी बात समझ में आ गई। पैरों तले जमीन खिसक गई। वैसे तो हाथ पैर काम करना बंद हो गए थे। मगर इस आस में, कि कहीं जान बाकी हो। गिरते पड़ते पेड़ पर चढ़े और लाश उतारी। वहीं बैठकर रोने,

चिल्लाने लगे। कहां तो दीपावली की तैयारियां चल रही थी। और कहां ये महाशोक अचानक।

भीड़ इकट्ठी हो गई। लोग तरह-तरह की बातें करते अब मुंह तो किसी का नहीं पकड़ सकते। कोई तो लड़के को दोष देता था। बाप का डांटना फटकारना भी आशीर्वाद होता है। लड़के में बिल्कुल समझ नहीं थी। उसे ऐसा नहीं करना चाहिए था। कोई बात थी तो बात कर लेता । कोई राम सिंह को दोष देता और कहता, " लड़का तो लड़का होता है अभी उसकी उम्र क्या थी। इतने कड़े शब्दों का प्रयोग नहीं करना चाहिए था । कोई जो उन के घर की समस्याओं को गहराई से जानता था कहता, " अरे उसने अपनी मां को ही कहां पुत्र सुख दिया है। जो उसे मिलेगा बहुत कष्ट देता है अपनी मां को। किया है सो भुगतना ही पड़ेगा। समय का फेर है। आदमी के किए सब सामने आ जाते हैं।"

राम सिंह और उनकी बीवी का रो-रो कर बुरा हाल हो रहा था। थोड़ी देर में बहुत भीड़ इकट्ठी हो गई, पैर रखने तक कोई जगह नहीं थी। जो सुनता, चला आ रहा था । कुछ लोग राम सिंह को चुप कराने की कोशिश कर रहे थे। तो कुछ महिलाएं उनकी बीवी को चुप कराने की कोशिश कर रही थी। चुप कराने वाले चुप तो नहीं करा पा रहे थे, खुद और रोने लग जाते थे। इकलौता लड़का था। लड़का चाहे इकलौता हो या कई हों पर मां-बाप के लिए तो बराबर ही होते हैं। मगर आजकल ये सब लड़के समझ नहीं पाते और ऐसा कदम उठा लेते हैं। जिससे कि उनके साथ-साथ उनके परिवार की जिंदगी भी तबाह कर जाते हैं। बहुत बड़ी अनहोनी थी । उस दिन पूरे गांव में किसी के घर दीपक नहीं जलाए गए।

पूरे गांव में सन्नाटा फैला हुआ था। जहां देखो बस वहीं इस दुर्घटना की चर्चा हो रही थी। हर किसी के चेहरे पर उदासी थी। पूरे का पूरा गांव उनके शोक में शामिल हुआ।

इस साल फिर मैं संयोग वश गांव में था। उनके घर लोगों का आना-जाना लगा हुआ था । लोग सांत्वना देने के लिए आते थे। और पिछले साल हुई घटना को याद कर करके रो रहे थे । शोक मना रहे थे । 2 मिनट के लिए हमें भी वो भयानक हश्य याद आ गए।

11– वाह रे क्रिकेट

उस दिन बालकनी में खड़ा सड़क की तरफ देख रहा था। अपने ही खयालों में खोया हुआ था। अचानक सामने वाले शर्मा जी कुछ अजीब अंदाज में दिखे। बहुत सारा सामान लिए हुए थे। हांफते हुए, तेज कदमों से चले आ रहे थे। समझ में नहीं आया इतना कंजूस आदमी इतना सामान कहां से ले आया। जो आदमी बाजार में भी खड़ा हुआ भूखों मर जाएगा पर कुछ भी खरीद कर नहीं खाएगा। आज वही आदमी पूरा गट्ठर बंधे लिए आ रहे थे।

मन नहीं माना ,पड़ोसी के घर कुछ शुभ कार्य होता हुआ देखने पर मन में एक अजीब सी उत्सुकता जग जाती है, पूरा ब्योरा जानने की। पता नहीं क्या खिचड़ी पक रही है। नीचे उतर कर शर्मा जी के घर पहुंच गया। सोचा चाय भी मिलेगी और कारण भी पता लग जाएगा।

" आज शर्मा जी कोई लॉटरी लग गई या फिर बॉस की बीबी को खुश कर दिया। बहुत सारा सामान ले आए। पहले कभी बच्चों के लिए टॉफी खरीदते नहीं देखा। आज तो पूरा क्रिकेट का किट उठा लाए"। मैने आश्चर्य प्रकट करते हुए पूछा।

" भाई यही तो अंतर है मुझ में और आप में। वक्त के हिसाब से चलना चाहिए। अब एक बात बताओ मैं जो रोज नेताओं की तलवे चाटने जाता हूं। वह कब काम आएगा।" शर्मा जी को पहेलियां बुझाते देखकर मैंने बोला,–" बंधुवर उत्तर स्पष्ट शब्दों में दें, तो पता भी लगे आप तो पहेलियां बुझा रहे हैं"। शर्मा जी बोले,

"भाई आजकल न केवल नौजवान पीढ़ी में बल्कि हर उम्र के लोगों में क्रिकेट का बुखार आया हुआ है। हर तरफ आईपीएल की धूम है। अनपढ़ बाप बेटे से कहता है बेटा आज मैच है आज कॉलेज न जाना , टीवी कौन चलाएगा। लोग हर खेल

को भुलाकर बस क्रिकेट के पीछे पड़ गए। गांव में जब बुजुर्ग लोग बैठते थे जो रामायण, महाभारत की बातें किया करते थे। परंतु आजकल के बुजुर्ग रोहित, विराट की चर्चा करते हैं। युवा पीढ़ी की तो बात और बूढ़े भी ड्रीम 11 में सट्टा लगा रहे। जिन बेचारी महिलाओं ने कभी घर से बाहर कदम नहीं रखा वे भी क्रिकेट के लिए टीवी के सामने बैठी रहती हैं, या मोबाइल में सट्टा लगाती हैं और टीम बनातीं हैं। और जो उनके सर्वप्रिय नाटक, धारावाहिक होते हैं जिनमें की सास और बहू के झगड़े दिखाए जाते हैं। उन अतिप्रिय नाटकों को भी छोड़कर, टीम बनाती हैं। बेचारी मैच देखने के लिए टीवी भी खुला रखती हैं।"

"डॉक्टर, मरीज का हाथ पकड़ कर कोहली और रोहित शर्मा की चर्चा करता है या दूर से ही मैच में जोर लगा रहा होता है। क्योंकि पैसे तो उसने भी लगा रखे होंगे। मेरे हिसाब से तो आजकल मरीज इसीलिए ज्यादा मर रहे हैं। क्योंकि डॉक्टर का ध्यान क्रिकेट पर और हाथ दवाई पर तो क्या होगा।"

" मजदूर जो दिन भर खून पसीना बहाकर पेट भरने के लिए रोज का रोज कमाता है। उसी मेहनत की कमाई को बाल बच्चों का पेट काटकर जुआं खेलता है। वह भी मजदूरी करते वक्त मोबाइल कान से लगाए मिलेगा।"

" बड़ी से बड़ी मशीनों में काम करने वाले भी ऐसा ही करते हैं। सो हाथ पैर से हाथ धो बैठते हैं। कभी-कभी जान से भी हाथ धोना पड़ता है।"

" स्कूलों में मैच की व्यवस्था या तो वहीं की जाती है या फिर छुट्टी कर दी जाती है। यह सुविधा बच्चों को ध्यान में रखकर नहीं बल्कि अध्यापक खुद मैच देखने को उतावले दिखते हैं। और फिर क्या पता इन्हीं बच्चों में से कोई कोहली,

रोहित शर्मा या सूर्या निकल आए। क्या पता कब किस्मत खुल जाए। और मालामाल हो जाएं।"

" ऐसे में सबसे ज्यादा कष्ट उठाना पड़ता है तो ऑफिस के बाबुओं को। छुट्टी भी कर नहीं सकते और बाहर खड़ी लंबी लाइन वाली भीड़ का शोर मैच देखने नहीं देता। इसलिए सब कुछ बंद करके कह देते हैं,आज सर्वर डाउन है।"

" ऐसे में पुलिस वालों को बहुत राहत मिलती है। क्योंकि वैसे चौराहे पर खड़े होने से सुस्ती छाने लगती है और चेकिंग हो जाने पर सस्पेंड होने का डर रहता है। पर अब ऐसा कुछ नहीं है बस मोबाइल हाथ में लिया और जहां खड़े हैं वहीं लगे मैच देखने।"

" अस्पताल में मरीज के इंजेक्शन लगाना है। डॉक्टर साहब कहते हैं, आ रहे हैं एक और ओवर देख लेने दो। अभी कोहली खेल रहा है। इसका मतलब या तो कोहली आउट होगा या फिर मरीज दुनिया से आउट हो जाएगा।"

" यही नहीं आम आदमी भी कहीं ना कहीं , टीवी पर या मोबाइल में मैच देखते नजर आता है । इसका सबसे बड़ा फायदा होता है इंटरनेट वाली कंपनी को। जिन पर मैच प्रसारित होता है। खबरिया चैनलों पर तो कई दिन पहले से मैच की चर्चा शुरु हो जाती है। सट्टेबाजी की आदत से देश का युवा बर्बाद हो रहा है। वे कंपनिया जो इन सट्टेबाजी ऐप चलाती हैं, लगातार करोड़ों अरबों कमा रहीं हैं। विज्ञापनों में रोज करोड़पति बनते हैं। पर धरातल पर किसी ने कोई करोड़पति बनते सुना हो तो बताओ। सब इन कंपनियों और सरकार की मिलीभगत और गोरखधंधा है।"

" आईपीएल ने क्रिकेट का रोमांच ही बदल दिया, पहले पूरे पूरे दिन मैच देखना पड़ता था। आज कल t-20 के चक्कर में 3 घंटे में मैच खत्म।"

"खिलाड़ी देश-विदेश की सैर करते हैं। क्योंकि मैच अक्सर विदेश में होते हैं। बोर्ड खिलाड़ियों को पैसा देता ही है। साथ ही विज्ञापनों में काम करके भी लाखों कमाते हैं।"

" गरीबों का लड़का तो वहां तक पहुंच ही नहीं सकता। पहुंच सकता है तो केवल हमारे जैसे सिफारिश वाला पहुंच सकता है। ये तो आईपीएल की कृपा है कुछ खिलाड़ी फर्श से अर्श पर पहुंच गए।"

इतनी लंबी राम कहानी सुनने के बाद हमने शर्मा जी से पूछा, "इसके पीछे बच्चों के लिए क्रिकेट किट लाने का क्या मतलब समझा जाए।

शर्मा जी बोले, "अरे भाई आप भी कमाल की चीज हो, इतनी सी बात नहीं समझते। एक बात बताओ यह पूरी दुनिया क्रिकेट के मैचों के लिए इस प्रकार पागल हुई जा रही है, तो क्यों नहीं इस पागलपन का फायदा उठाया जाए। मैंने तो बच्चों से कह दिया है पढ़ना लिखना छोड़ दो बस क्रिकेट में लग जाओ। मैं चैक और जैक लगाता हूं। तुम थोड़ा बहुत सीखो।

"आप बताओ इन बड़े-बड़े खिलाड़ियों को कभी खेलते देखा है। सब तो फिर भी खेलते रहते हैं टीम में। कभी कभी खेल जाते हैं सही से, उसके बाद उनकी टीम में जगह पक्की हो जाती है। फिर उन्हें कौन निकाल सकता है। शुरू शुरू में मेहनत करते हैं बाद में सब अय्याशी करते हैं। जब खिलाड़ी क्रिकेट में पदार्पण करता है तो उसमें विश्व के महानतम खिलाड़ी बनने के सारे गुण दिखाई देते हैं।

फिर धीरे-धीरे सारी भविष्यवाणीयां गलत साबित हो जाती हैं। परंतु तब तक खिलाड़ी टीम में जगह पक्की कर चुका होता है। और फिर जिंदगी भर खेलता ही रहता है। वैसे भी पढ़ाई इतनी महंगी हो गई है कि हर कोई पढ़ा नहीं सकता। जो पढ़ा भी सकते हैं उससे फायदा भी कुछ नहीं मिलने वाला क्योंकि घूमने आवारा ही हैं तो मैच ही खेल लो।

"बड़े-बड़े पढ़े लिखे घूम रहे हैं। कितनी डिग्रियां लिए बैठे हैं। नौकरी तो कोई मिली नहीं घास छीलने को मजबूर हैं। तो एक ही रास्ता बचता है जहां ताकत और चापलूसी चलती है। बुद्धिमत्ता का कोई महत्व नहीं है।"

"बस एक बार मोनू को टीम में जगह दिला दूं। बंगला होगा गाड़ी होगी। विदेश में यात्रा करने को मिलेगी। सुना है कोहली की प्रतिवर्ष की आमदनी 200 करोड़ से ऊपर है। मेरे मोनू को नीली ड्रेस मिल जाए। सोनू को नीली ड्रेस खुद ही दिला देगा। या फिर कोई आईपीएल टीम ही सेलेक्ट कर ले। तो भी बल्ले बल्ले हो जाएगी। है तो आखिरकार मेरा ही लड़का। वह भी चैक और जैक लगाएगा।"

इतने में सामने से मोनू भाई साहब को दो-चार लड़के उठा कर लाते दिखे। चमड़े की ठोस गेंद थी। नई किट की खुशी में ऐसी लगी आंख पर, आंख से ही हाथ धोना पड़ा। क्रिकेट का मैच छोड़ो, शादी वाला मैच भी असंभव हो गया।

मेरी आंखों के सामने ही शर्मा जी के सपनों का महल ढह गया। अब तो शर्मा जी शर्म से लाल-लाल हो रहे थे। और बच्चे पर गुस्सा उतार रहे थे। चिल्लाते जा रहे थे, " खेलना आता नहीं चल देते हैं खेलने। कितनी महंगी किट लाया था। इतने में महीने भर का घर खर्च चल जाता।

असल में एक बार तो मेरा भी मन बिगड़ा था। शर्मा जी की बातों में दम लग रहा था। अच्छा हुआ कि सबक तुरंत ही मिल गया। वरना पता नहीं मैं भी अपने बच्चों की आंख से हाथ धो बैठता। आईपीएल आ रहा है। हर साल ही आता है। आप भी करवा लो रिचार्ज, और करो एंजॉय मैच। बाकी काम जाए भाड़ में।

12– दुकान के हिसाब की कापी

गांव में जो घर बनते थे पहले के जमाने में, उनमें दुकान आदि बनाने की कोई जगह नहीं रखी जाती थी। पहली बात तो गांव में दुकान जैसा कोई स्कोप भी नही था खास। और न ही शटर लगाकर दुकान कोई बनाता था। गांव में जो पक्के घर बनते थे। उनमें दो कमरे होते थे। कमरों की लंबाई चौड़ाई अपनी अपनी सुविधा अनुसार होती थी। पर हर कोई इन कमरों को कोठी ही कहता था। कमरों के आगे एक बरामदा होता था जो बैठक का काम करता था। कोठियां तो अक्सर अनाज भरने के काम आती थीं। इसी बरामदे में एक किनारे से पतला सा सीढ़ी निकाल दिया जाता था। और इस सीढ़ी को जीना कहते थे। इस जीना से पतला आदमी तो निकल सकता था। पर कोई मोटा, खाता पीता रिश्तेदार आ जाए तो छत तक पंहुचना उसका नामुमकिन था। ज्ञानेन्द्र का घर भी कोई अलग नही था। लगभग ऐसा ही था सेम टू सेम। बस इतना अंतर था, कि ज्ञानेन्द्र के पापा सरकारी नौकरी में थे तो बरामदे की छत पर दोनों साइड एक एक कमरा बना दिया था। कमरा क्या था, कमरे का नाम था। 8 बाई 8 के चौकोर कमरे जिनमे तीन साइड से खिड़की लगी थी। किसी भी बारिश का पानी यदि बिना कमरों से होके निकल गया तो बारिश को अपने आप पर शर्म आती थी। इन कमरों में रहने का कोई सुख नहीं था। हां, गांव में बताने के लिए घर तीन मंजिला था। सीढ़ी के साइड वाले कमरे के ऊपर एक दीवार खड़ी करके सीढ़ी को पाट दिया गया। जो दूर से कमरानुमा लगता था। लोग अपनी शान बढ़ाने के लिए जब सच में ऊंचे घर

नहीं बनवा पाते हैं तो उन्हीं घरों पर किसी ने किसी तरह झूठी दीवाल खड़ी करके तीन मंजिला घर की शान बघारते हैं।

ज्ञानेन्द्र के पापा भी इन्हीं शेखी बघारने वाले लोगों में से थे। अक्सर जब भी लोगों के बीच बैठते, अपने तीन मंजिला घर की चर्चा करते। जैसे कि आजकल उत्तर प्रदेश के पूर्व मुख्यमंत्री हर मीटिंग, हर भाषण, हर इंटरव्यू में यहां तक कि छोटी सी छोटी चर्चा में भी आगरा लखनऊ एक्सप्रेसवे का जिक्र करते हैं। भले उन्होंने अपने 5 साल के कार्यकाल में और भी विकास कार्य किए होंगे पर एक्सप्रेसवे को ही क्यों याद करते हैं, पता नहीं।

गांव के लोग ज्ञानेन्द्र के पापा के, अपने मुंह मियां मिट्ठू बनने से तंग तो आ चुके थे। पर लोगों को उनकी छोटी-छोटी परेशानियों में अक्सर ज्ञानेन्द्र के पापा से ब्याज पर पैसे मिल जाते थे। ज्ञानेन्द्र के पापा की यही एक खास बात थी। वे लोगों से ब्याज भी कम लेते थे और आकस्मिक परेशानियों में उनका काम चला देते थे। भले यह ब्याज बैंक के ब्याज से अधिक होता था। आज के जमाने में बैंकों ने कितने सस्ते रेट में, आसानी से कर्ज उपलब्ध करवा रखा है। फिर भी लोग बैंक में न जाकर ज्ञानेन्द्र के पापा से 5 गुना अधिक ब्याज पर रुपए उधार लेते थे। हो सकता है उन लोगों ने बैंक की क्षमताओं से अधिक कर्ज पहले ही ले रखा हो। वैसे भी उन्हें पता था, कौन सा ज्ञानेंद्र के पापा को रुपए वापस करना है। कर पाएंगे तो कर देंगे नहीं तो ज्यादा इकड़ तिकड़ करी तो एक रिपोर्ट में माफी और मांगते फिरेंगे। क्योंकि कानूनन इस तरह से ब्याज पर रुपए देना अपराध है।

ज्ञानेन्द्र के पापा ने अपने उस तथाकथित तीनमंजिले मकान की ग्राउंड फ्लोर पर बने बरामदे में सीढ़ियों की दूसरी साइड पर मालूम नहीं क्या सोचकर एक शटर लगवा दिया। ज्ञानेन्द्र उन दिनों दस साल का रहा होगा। ज्ञानेन्द्र के पापा अक्सर ज्ञानेन्द्र को दुकान करने के तरीकों और उसमें होने वाले मुनाफे आदि के बारे में जानकारी देते रहते । ज्ञानेन्द्र के पापा , ज्ञानेन्द्र को शटर वाले कमरे में दुकान खोलने की भी सलाह देते थे । उसे रोज इस प्रकार की ट्यूशन दी जाती थी। जैसे कि "दुकान में बहुत फायदा होता है। यदि भविष्य में नौकरी न लगी तो कम से कम दुकान तो करना सीख ही जाओगे। दुकानदार अपनी मर्जी का मालिक होता है, जब चाहे खोले , न मर्जी हो तो बंद रखे। दुकान कर लो, सामान मैं लाता रहूंगा। तुम पढ़ कर जब वापस आओ तो दुकान भी चलाते रहना और यहीं बैठकर होमवर्क भी करते रहना।"

बेचारे ज्ञानेन्द्र के बाल मन पर सभी झूठी बातें पक्की स्याही से अंकित हो जाती। उसे क्या पता था कि उसके पापा अपने अबोध बालक को ही बेवकूफ बनाकर मनोरंजन कर रहे हैं। एक दिन यह कहानी बढ़ते बढ़ते, यहां तक पहुंच गई कि ज्ञानेन्द्र के पापा, होने वाली दुकान का हिसाब किताब भी ज्ञानेन्द्र से लिखवाने लगे। एक कापी बनवाई। जिस पर कितना सामान आएगा, क्या-क्या बिकेगा , खाने पीने की वस्तुएं , गृह उपयोगी, रोजमर्रा के सामानों की लिस्ट बनवाई गई। ज्ञानेन्द्र दिन रात, होने वाली दुकान के सपने बुनता । "जब दुकान हो जाएगी तो सबसे पहले अपने दोस्तों को लाकर दिखाऊंगा । दोस्तों में मेरी धाक जम जाएगी । फिर तो हर दिन जेब में भर भर कर कम्पट बिस्किट ले जाया करूंगा। अभी तो

कभी कभार, रुपए आठ आना मिलते हैं। फिर तो मेरा ही जलवा होगा। मेरी दुकान पर दिन भर भीड़ रहेगी तो होमवर्क कब करूंगा? खैर उसके लिए तो दुकान बंद ही कर दिया करूंगा।"

ज्ञानेन्द्र बेचारा दुकान के सपने में मशगूल इसी प्रकार की लिस्ट तैयार करता रहता। अंत में उसने कॉपी के ऊपर लिखा, " दुकान के हिसाब की कॉपी"। ज्ञानेन्द्र के पापा ने जो खेल रचा था, उसका असली उद्देश्य था, ज्ञानेन्द्र को बेवकूफ बनाना। सो तो ज्ञानेन्द्र बन चुका था। ना तो दुकान हुई ना होनी थी, ज्ञानेन्द्र के पापा को अपने मनोरंजन के लिए सामग्री मिल चुकी थी। ज्ञानेन्द्र के घर के बाहर प्रतिदिन लोगों की बैठक रहती थी। गांव के लोग जानवरों का चारा पानी इत्यादि करके वहीं बैठते थे। एक तो ज्ञानेन्द्र के पापा जाने-माने प्रतिष्ठित आदमी थे। और गांव के लोगों का उस जमाने में कोई मनोरंजन का साधन तो था नहीं। आजकल हर कोई हाथ में मोबाइल लिए इंटरनेट पर सर्फिंग करता हुआ, लाखों की भीड़ में भी अकेला है। उस जमाने में रात रात तक बैठक लगती थी। लोग अकारण भी ज्ञानेन्द्र के पापा से बैठने आते थे। ज्ञानेन्द्र के पापा का अब एक ही काम था, ज्ञानेन्द्र की उस कॉपी को हर किसी को दिखाना। मजाक बनाते हुए हर किसी से कहते, "भाइयों , तालाब खुदा नहीं मगर कुदा दिया। ज्ञानेन्द्र की अभी तक दुकान तो हुई नहीं और देखो इस कॉपी पर लिखा है, 'दुकान के हिसाब की कॉपी'।" पाठको सोच कर देखो, उस अबोध बालक ज्ञानेन्द्र के मन पर क्या बीतती होगी। ज्ञानेन्द्र के पापा की एक बुरी आदत ने, ज्ञानेन्द्र को कितना मानसिक कष्ट दिया। ज्ञानेन्द्र अपने किए पर बहुत पछताता। लोग उसका

आते-जाते मजाक बनाते। उसमें इतनी मानसिक क्षमता भी विकसित नहीं हुई थी। कि ऐसी बेकार की बातों को नकार पाता। मन ही मन कुंठित होता, हतोत्साहित होता। एक तरह से यह उसके लिए मानसिक प्रताड़ना थी।

ज्ञानेन्द्र को अपने पापा से इतना डर लगने लगा। उसे हर समय यही खटका लगा रहता, ' स्कूल से लौटने पर रोज की तरह वही गांव के लोगों के सामने पापा जी मेरा मजाक बनाएंगे'। इससे अच्छा है घर ही न जाना पड़े। ज्ञानेन्द्र घर पहुंच कर बस्ता पटकता। दोस्तों के साथ खेलने निकल जाता। यूं तो ज्ञानेन्द्र स्कूल से लौटकर, सीधा पढ़ने बैठ जाता था। अब बस्ता पटक कर गांव के आवारा लड़कों के साथ मटरगश्ती करता। शाम को सोने के वक्त लौटता और दुबक कर सो जाता। ज्ञानेन्द्र अक्सर पापा जी से शाम को सवाल भी पूछता था। जिसकी वजह से कक्षा में अव्वल आता था। पर आजकल उनके थोड़े से मनोरंजन की वजह से ज्ञानेन्द्र का मन ही पढ़ाई से भटक गया। शुरुआत में तो दोस्तों के साथ जाना, थोड़े समय के लिए पापा जी की नजरों से बचना था। अब उसे दोस्तों के साथ रहना, आवारागर्दी करना अच्छा लगने लगा। धीरे-धीरे ज्ञानेन्द्र को कई बुरी आदतों ने जकड़ लिया। कक्षा में प्रथम आने वाला ज्ञानेन्द्र, इस साल बुरी तरह फेल हो गया।

'दुकान के हिसाब की कॉपी' ने ज्ञानेन्द्र के भविष्य की दिशा और वर्तमान की दशा पलट दी। कहां तो ज्ञानेन्द्र में भविष्य का होनहार अफसर नजर आता था। जो ' दुकान के हिसाब की कॉपी' ने दुकान करने लायक भी न छोड़ा। कितने ही लोग अपने क्षणिक मनोरंजन के लिए, कितनी बेरहमी से अपनी संतान का

जीवन प्रभावित करते हैं। ये तो ठीक है, इस तरह की मजाकिया ठिठोली होती रहती है। परंतु यदि ठिठोली करने वाला स्वयं पिता या बड़ा भाई हो तो बच्चों की मानसिक अवस्था पर विशेष प्रभाव पड़ता है। जाने अनजाने में किए गए छोटे छोटे मजाक बच्चों के जीवन पर कितना प्रतिकूल प्रभाव डाल सकते हैं, इसका सटीक उदाहरण है ये कहानी। इस तरीके से मानसिक प्रताड़ित बच्चे कभी कुछ अलग या जोखिम भरा काम करने से बचते रहेंगे।

13– एक कदम और.....मौत

जब सरिता अपने मामा की लड़की, पूजा की शादी में गई तो उसे नहीं पता था कि यह शादी केवल एक साधारण सा प्रोग्राम न होकर, उसके जीवन में भूचाल का गणेश पूजन है। सरिता अपने मामा के घर दस दिन पहले से पहुंच गई। घर के कार्यों में हाथ बंटाने वाला कोई नहीं था। वैसे भी मामा और बुआ के लड़के लड़कियों में सगे भाई बहनों से ज्यादा प्यार होता है। उसकी केवल एक वजह है,सगे भाई बहन से जो बात नहीं कह सकते वह भी उनसे शेयर की जा सकती है। सरिता और पूजा में ऐसा ही सगी बहनों वाला प्यार था। दोनों एक थाली में खाना खाते, दिन भर साथ में घूमते। घर में जो भी भाग दौड़ वाले काम होते दोनों साथ-साथ करते। ऐसे में मोहल्ले की भाभियों को मजाक करने का मौका मिल जाता। दोनों जिधर से निकल जातीं, उधर की भाभियां उनके सामने या पीछे से ठहाका लगातीं। कहतीं, " सरिता, पूजा की विदा में साथ जाएगी। इन दोनों में इतनी दोस्ती है , अकेली कैसे रह पाएंगी।"

जिस दिन सरिता , पूजा के घर पहुंची उसके अगले दिन पूजा के मामा का लड़का भी आ गया। जिसका नाम था करमचंद। करमचंद निमंत्रण बंटवाने जाता या फिर मार्केट के काम करवाता। शाम को वापस पूजा के घर आकर रुकता। सरिता ग्रह कार्यों में बेहद कुशल और मृदुभाषी थी। करमचंद भी पढ़ाई लिखाई में होशियार और हिसाब किताब में अब्बल था। एक तरह से दोनों उस शादी में सेलिब्रिटी थे। नतीजतन एक दूसरे के प्रति लगाव होना लाजिमी था।

इसलिए करमचंद सरिता को मन ही मन चाहने लगा। इधर सरिता भी करमचंद को मन ही मन प्यार करने लगी। करमचंद की तो खैर औकात ही क्या थी जो अपने प्यार का इजहार करता। उस जमाने में गांव के परिवेश में प्यार का इजहार दूर की कौड़ी थी। सरिता के लिए सबसे बड़ी दुविधा थी करमचंद का सीधा और सरल स्वभाव। फिर भी सरिता को लगता था कि करमचंद के साथ वह अपनी जीवन नैया पार लगा लेगी।

धीरे-धीरे यह स्थिति बन गई दोनों अपने-अपने में एक दूसरे को बेइंतहा प्यार करने लगे। कहता कोई किसी से नहीं बस सुनहरे भविष्य के सपने देखने में मशगूल रहने लगे। करमचंद जहां भी जाता सरिता की निगाहें उस पर टिकी रहतीं। करमचंद भी चुपके चुपके सरिता का सौंदर्य दर्शन किया करता। ये दस दिन कब कट गये पता ही नहीं चला। इधर पूजा की शादी हुई और उसकी विदाई की तैयारी चल रही थी। उधर सरिता और करमचंद को भी अपनी जुदाई की चिंता सताने लगी। उन दोनों को पता था, आज इजहार ए इश्क ना किया तो जीबन पर्यंत पछताने के सिवा कुछ ना रहेगा। दोनों ने मन ही मन एक दूसरे के साथ जीवन जीने की कसम खा ली थी। न तो करमचंद का काम में मन लग रहा था न ही सरिता का। दोनों अनमने से घूम रहे थे। कुछ लोग पूछ रहे थे, 'क्या हुआ, इतनी दुखी क्यों हो।' ज्यादातर लोग शक नहीं कर सकते थे। क्योंकि पूजा की विदाई जो होने जा रही थी। सबको लगता था सरिता, पूजा की जुदाई से और करमचंद अपनी बुआ की लड़की के जाने से दुखी है। आखिर जब विदाई का समय आया तो सभी घरवालों, रिश्तेदारों के साथ-साथ करमचंद और सरिता भी

रो रहे थे। करमचंद जो आज तक न रोया था। वह सरिता जो बड़े नाजों से पाली गई थी। जिसने खेलने कूदने और चहकने के अलावा कभी किसी प्रकार का अभाव न देखा था। उसकी हर इच्छा उसके मांगने से पहले पूरी कर दी जाती थी। आज फूट फूट कर रो रही थी। सब समझ रहे थे , दोनों बहनों में कितना प्रेम है। पर सरिता तो अपने प्रियतम के बिछुड़ने के अंदेशे से रो रही थी। उसे अब तक ये आशा थी, करमचंद प्यार का इजहार कर देगा। करमचंद टस से मस न हुआ। करमचंद अपने पिताजी से बहुत डरता था। उसे लगता था यदि कुछ गड़बड़ हुई और उसके पिताजी को पता चली, पढ़ाई बंद कर दी जाएगी। करमचंद पढ़ने में अच्छा था। उसकी जिंदगी दोराहे पर खड़ी थी। यदि प्रेम का इजहार करता है तो पढ़ाई के साथ-साथ और कितनी कठिन सजा पाएगा। यदि प्रेम का इजहार नहीं करता है तो जिंदगी भर अपनी कायरता पर पछताएगा। बड़े शहर और उच्च वर्ग के लड़कों के साथ रहने से उसके विचार तो परिष्कृत हो गए थे। परंतु अपने पिता से जो अब तक उनकी छत्रछाया में जीने का, उनके खिलाफ कुछ भी कदम न उठाने का संस्कार मिला था, उससे निकल पाना इतना आसान न था। अधिकतर जानवरों में इतनी ताकत तो होती है कि कभी भी अपनी संपूर्ण शक्ति से खुद को बंधन मुक्त कर सकते हैं। पर बचपन से उन्हें बंधन से जो न छूट पाने का संस्कार मिला होता है, उन्हें कभी भी बंधन मुक्त नहीं होने देता। संस्कारवश शेर भी सर्कस में करतब करता है, वरना किसकी मजाल जो जंगल के राजा शेर को बंधन में रखकर करतब करवा ले।

ये दोनों भी सर्कस के शेर थे, जो अपनी स्वच्छंदता को झूठे संस्कारों के तले दबाए हुए थे। सरिता ने ही हिम्मत करके करमचंद से मौका पाकर उसका नंबर मांगा। उस जमाने में नंबर मांगना मतलब प्यार का इजहार करना ही था। करमचंद जो हिम्मत नहीं कर पा रहा था और जो धागा पिताजी के डर का था वह भी सरिता ने तोड़ दिया। करमचंद ने एक कागज पर लिखकर नंबर दिया जो उसके हॉस्टल का लैंडलाइन नम्बर था। भावातिरेक में दोनों बोल न सके। बस आंसू निकल गए। किसी के आ जाने के डर से दोनों ने अपने-अपने आंसू पोंछे। और विदाई के कार्यक्रम में शामिल हो गए। दोनों को बिछड़ने का दुख अब नहीं था। बिना एक शब्द कहे ही प्रेम का इजहार हो चुका था। भविष्य में संपर्क करने के लिए फोन नंबर भी था।

विदाई हुई, सब रोए। सरिता और करमचंद के गले से लिपट कर पूजा भी रोई। पूजा को स्पष्ट तौर पर कुछ पता नहीं था। पर दोनों की मनःस्थिति समझ रही थी। पूजा तो अपने प्रियतम की होकर ससुराल चली गयी। छोड़ गई दो परिंदे जो पंख फैला कर उड़ने को उतावले थे। सामाजिक बंधन दोनों को विपरीत दिशा में खींच रहा था।

अगली सुबह करमचंद की ट्रेन थी चेन्नई की। वह तो शाम को ही वहां से अपने घर आ गया। सुबह निकलने की तैयारी भी करनी थी। अगली सुबह सरिता भी अपने घर पहुंच गई। करमचंद पहुंच तो गया हॉस्टल। उसका मन न ही पढ़ने में लगता, न अपने दोस्तों के साथ मौज मस्ती करने में। जैसे उसकी आत्मा हॉस्टल की फोन में घुस गई थी। करमचंद को हर समय खटका लगा रहता,

"कहीं ऐसा ना हो सरिता का फोन आए और मैं हॉस्टल से बाहर रहूं। तो क्या सोचेगी मन में।" इसी तरह फोन के इंतजार में कई दिन बीत गए। इधर सरिता का भी वही हाल था । सरिता के चाचा के घर लैंडलाइन फोन था। चाचा कई दिन तक घर से बाहर ही न निकले । सरिता के चाचा की लड़की से गहरी दोस्ती थी। दोनों आपस में कुछ भी न छुपाते थे। चाचा के होते हुए बात कैसे संभव थी। आखिर एक दिन चाचा किसी काम से बाजार चले गए। सरिता ने हिम्मत करके हॉस्टल का नंबर डायल किया । करमचंद फोन का इंतजार करते-करते अपने कमरे में चला गया था। किसी लड़के ने पुकारा, "करमचंद, किसी सरिता का फोन है।"

करमचंद हॉस्टल की रिवाज के विपरीत हिंदी में ही बात किया करता था। अपनी मातृभाषा पर गर्व करता था। अंग्रेजी को केवल शिक्षा का साधन मानता था। आज न जाने क्या हुआ। अक्सर शराब के नशे में लोग अंग्रेजी बोलने लगते हैं, आती हो या न आती हो। करमचंद को भी नशा ही हुआ था । कुर्सी से उठकर, बुलाने वाले को जवाब दिया, "टेल हिम आई एम कमिंग।"

करमचंद इतना भावुक और उतावला हो चुका था कि उसे व्याकरण का भी कोई ख्याल न रहा । हिम और हर के अंतर का कोई महत्व न रह गया ।

करमचंद ने भाग कर रिसीवर कान से लगाया। उधर से हैलो की मधुर आवाज आई तो जैसे करमचंद के कानों में मिश्री घुल गई। दोनों ने एक दूसरे की कुशलक्षेम पूछी । सरिता ने करमचंद को जल्दी घर आने को कहा। दो चार बेमतलब की बातें की और फोन रख दिया। इसमें सबसे अजीब बात यह थी,

इतने दिनों में सरिता ने जो बातें सोच रखी थी। करमचंद से कहने के लिए, उनमें से एक न की। ठीक सरिता की तरह करमचंद भी कितनी कविताएं सुनाने वाला था। जो उसने सरिता के लिए लिखीं थी। कितनी कॉलेज, हॉस्टल की बातें बताने वाला था। कुछ न बता सका। फोन पर बात करते समय कुछ भी याद न रहा दोनों को। सरिता को यह भी न मालूम था कि फोन क्यों किया है। करमचंद को ना मालूम था कि फोन क्यों आया है। फोन कटते ही जैसे दोनों के बंद ढक्कन फिर से खुल गए। सारी बातें याद आने लगी। फोन तो कट चुका था। करमचंद इधर से कॉल कर न सकता था। कोई और न उठा ले। सरिता, चाचा के डर से दोबारा फोन लगा नहीं सकती थी। फोन करने के बाद दोनों मुर्गे अपने-अपने दड़बे में घुस गए। हर एक शब्द को याद कर करके, उन थोड़े से शब्दों से इतनी लंबी विचारधारा चलती कि पूरी किताब लिख जाए। एक दूसरे से वाद प्रतिवाद करते। इस वाद प्रतिवाद में लड़ाई होती, मन मुटाव होते। रूठा मंटी होती। सब कुछ तो आभासी था। दोनों एक दूसरे से कोसों दूर। दोनों लगभग 2500 किलोमीटर दूर खूब रोए। दोनों ने मन ही मन एक दूसरे से खूब शिकायतें की। एक दूसरे को खूब डांटा। दोनों इस तरह से बात करते जैसे आमने-सामने बैठे हों।

इसी तरह करमचंद को फोन आने का हर दिन इंतजार रहता। सरिता को भी चाचा के जाने का इंतजार रहता। एक-दो दिन के अंतर से दोनों की बात होने लगी। बात कुछ खास ना होती। पर इंतजार दोनों करते। फोन के लिए दोनों तड़पते। ये सिलसिला चल ही रहा था, कहते हैं इश्क छुपता नहीं छुपाने से। इश्क वालों की दुश्मनी हो जाती है जमाने से। लोग अपने सारे काम छोड़कर प्रेम

करने वालों के पीछे हाथ धोकर पड़ जाते हैं। उनकी खुद की जिंदगी में भले दुश्वारियां चल रही हों , भले ही मुफलिसी में दिन कट रहे हों। ये तो कहीं नहीं कि इस ऊर्जा को सकारात्मक प्रयोग में लाकर कुछ नया आविष्कार किया जाए। दुनिया का कुछ भला किया जाए, सो तो कहीं नहीं। लग जाते हैं पूरे मनोयोग से प्रेम के प्यासे दो पक्षियों को बर्बाद करने में। दूसरे के फटे में टांग अड़ाने वाले उन्हीं लफ़ंडरों की वजह से सरिता के गांव में चर्चा चलने लगी कि सरिता किसी को फोन करती है।

सरिता के गांव से ये सूचना पूजा के गांव पहुंची। पूजा के मम्मी पापा को इस सम्बन्ध से कोई आपत्ति न थी। उन्होंने सोच लिया, इन दोनों की शादी करवा देंगे। पर पूजा के पड़ोसियों के पेट में दर्द शुरू हो गया। उन्हें हजम नहीं हो रहा था कि करमचंद, सरिता का रिश्ता होने से पूजा के परिवार का रिश्ता दोनों से और गहरा जुड़ जाएगा। खैर रिश्ता तो पहले से जुड़ा था, दोनों ही रिश्तेदार थे। पर पड़ोसियों को इसमें भी समस्या ही नजर आई।

इसी दौरान करमचंद की माताजी पूजा के घर घूमने आई। पूजा के मम्मी पापा ने ठीक मौका न समझते हुए कोई बात न चलाई। उन्होंने सोचा, समय आने पर सीधे रिश्ता लेकर जाएंगे। पड़ोसियों को तो जैसे मुंह मागी मुराद मिल गई। इधर खिचड़ी पक रही थी। करमचंद की मम्मी के सामने गरमा-गरम परोस दी गई। मिर्च मसाले की कोई कमी न रखी । इस रिश्ते में ढेरों कमियां गिनाई। ऐसे ऐसे दोष लगाए कि करमचंद की मम्मी को लगा, अगर हमने घर पहुंच कर करमचंद के पिताजी को सूचना देने में देर कर दी, तो कहीं सरिता ही बारात

लेकर घर न पहुंच जाए। आईं तो थी कई दिन रहने के लिए, विशेष समाचार के साथ दो दिन बाद ही वापस हो लीं। करमचंद की मम्मी अब एक लोडेड गन थी जो सीधे अपने पति के सामने अनलोड होनीं थी। रास्ते भर उन्हें दिन में ही सरिता और करमचंद की शादी के सपने आते रहे।

घर पहुंचते ही उन्होंने इस खिचड़ी को जो बासी हो चुकी थी। सड़ चुकी थी । अब इसमें दुराग्रह की बदबू भी आ रही थी। करमचंद के पिता के सामने परोस दी। करमचंद के पिताजी, पिता तो थे पर कभी उन्हें पिता की जिम्मेदारियों को एहसास न रहा था। पिता, पुत्र का जनक होने के साथ-साथ पुत्र का पालनहार भी होता है । पिता को पुत्र की जिंदगी संवारने के लिए उससे दोस्ती भी करनी पड़ती है। पुत्र की मनःस्थिति और उसकी स्व समस्याएं जानने के लिए उसका सखा भी बनना पड़ता है। यहां तो करमचंद के पिताजी ने 2500 किलोमीटर दूर अकेले बैठे पुत्र के बारे में कुछ ना सोचा। जितना भी सुना , अपनी पत्नी से सुना । न तो पुत्र से बात करने की जहमत उठाई। न उसे घर बुलाकर समझाने की कोशिश की।

उसी समय हॉस्टल फोन लगाया, -" तुरंत घर चले आओ। बहुत हो गई पढ़ाई। तोड़ ली डिग्री। तुम्हारा इश्क का भूत उतारूंगा। तुम्हें शादी चढ़ी है सर पर। घर आओ उतारते हैं।" फोन काट दिया।

करमचंद को काटो तो खून नहीं। हाथ पैर सुन्न पड़ गए। दिमाग घूम गया। अब तक करमचंद को यह नहीं पता था कि भांडा फूटा कैसे। उसने तुरंत पूजा को फोन लगाया। पूजा ने करमचंद की मम्मी और पड़ोसियों के द्वारा लगाई

आग की कहानी सुनाई। अब तक करमचंद का सच्चे प्रेम पर इतना भरोसा था, उसे लगता था मेरा प्यार सच्चा है। उसमें कोई लालच तो है नहीं। फिर मेरे और सरिता के बीच में कौन आएगा। उसने भविष्य की सारी कल्पनाएं भी कर लीं थी। " जब मैं यहां से डिग्री लेकर वापस जाऊंगा, तब तक नौकरी लग ही जाएगी। पापा जी से हक से कह दूंगा, शादी सरिता से ही करूंगा। मना भी नहीं कर पाएंगे। यदि करेंगे तो उन्हें सरिता के बारे में सारी बात बताऊंगा। क्योंकि सरिता की सुन्दरता के मुकाबले कोई लड़की नहीं ठहरती। सरिता की लंबाई मुझसे भी ज्यादा है। सरिता को देखकर ही कोई भी अपने लड़के की शादी उससे करने को तैयार हो जायेंगे और दहेज भी न मांगेंगे। और उनसे कहूंगा हम दोनों बेइंतहा प्यार करते हैं। फिर आपके पूरे परिवार में इतनी सुंदर बहू अब तक नहीं आई। आप शादी के लिए नहीं मानेंगे तो मैं जीवन भर शादी नहीं करूंगा। पापा जी अवश्य मान जाएंगे।"

करमचंद ने जो भी सोच रखा था सब भविष्य के लिए था। यहां तो वर्तमान में ही भंडाफोड़ हो चुका था। अब पापा जी को कैसे समझाए। पापा जी भी तो पड़ोस के घर से ही फोन करते हैं। पापा जी जब फोन कर रहे होंगे, पड़ोसी भी तो सुन रहे होंगे। पापा जी कौन सा धीरे बोलते हैं। अब तक तो पूरा मोहल्ला क्या पूरा गांव जान गया होगा। घर किस मुंह से जाऊंगा। इसी चिंता में उसके दिन कटने लगे। पूजा के घर से भी रोज नई कहानी मिलती, तुम्हारी माता जी धमकी देकर गई है। उस घटिया परिवार से करमचंद की शादी नहीं करेंगे। "पूजा के गांव में भी अब तक डंका पिट गया होगा। करमचंद को इतनी दूर से ही लगता जैसे

सब लोग उसे ही दोष दे रहे हैं। उसे ही गालियां दे रहे हैं। सबको मन ही मन समझाता। जितना समझाता था उतना ही और विचार आने लगते। करमचंद को आभासी दुनिया में भी उन लोगों का सामना करने की हिम्मत नहीं रही। तब तक फाइनल परीक्षा के दिन आ गए।

इसी चिंता और दुःख में उसने सभी पेपर दिए। और घर चलने की तैयारी की। करमचंद ने इस सारी समस्या का हल निकाला। "अब घर जाना तो मुश्किल है। एक तो विकल्प है, यहीं कोई प्राइवेट नौकरी कर लूं। दूसरे हॉस्टल में ही आत्महत्या कर लूं। या रात में जब ट्रेन सबसे तेज स्पीड में हो तब कूद कर मर जाऊं।" गहन विचार करने के बाद, ट्रेन वाला आईडिया फाइनल किया। सारा सामान पैक किया। बैग में अपने नाम और पते की पर्ची लगाई, सुसाइड नोट रखा। जिसमें अपनी सारी राम कहानी लिखी। खुद को निर्दोष और जमाने को प्यार का दुश्मन लिखा। ये सब इसलिए किया जिससे सारा सामान घर पहुंच जाए। अब जिंदगी और मौत में बस एक कदम की दूरी थी। करमचंद को संसार से विदा लेने में बस कुछ घंटे बाकी थे।

तभी अचानक उसके मन में विचार आया। "मेरे मरने से क्या समस्या हल हो जाएगी? लोग तो फिर भी गालियां देंगे। कहेंगे, 'बाप के नाम को कलंक लगा गए'। कुछ लोग तो और भी आरोप लगाएंगे। ऐसा करता हूं घर पहुंच कर देख लेता हूँ। कौन कैसे व्यवहार करता है ? कौन अपना है कौन पराया है? आत्महत्या का विकल्प तब भी खुला रहेगा। कौन-कौन क्या ताने देता है ? तब करुंगा आत्महत्या।" और सुसाइड नोट निकाल कर फाड़ दिया।

जो कदम घर की तरफ न उठ रहे थे। एक विचार से ही करमचंद घर पहुंचने के लिए उतावला हो रहा था। उसे लग रहा था सबको देखूं। उनकी घृणा और नफरत देखूं। फिर खुद को समाप्त करूं। जो मौत सामने थी, टल गई। दो-चार दिन आगे बढ़ गई।

करमचंद घर पहुंचा। सब कुछ नॉर्मल था। किसी ने उस सम्बन्ध में कोई बात नहीं की। करमचंद के विचार से तो घर पहुंचते ही लाठियां टूटने वाली थी। पूरा गांव क्या स्टेशन से उतरते ही पूरा शहर, यहां तक की कुली, ऑटो वाले, राहगीर, शहर और गांव का हर आदमी गालियां देने वाला था। सब उसे ही लानते देने वाले थे। पर यहां तो कोई बात ही नहीं है। ना मम्मी ने कुछ पूछा। पापा जी ने भी नहीं, न परिवार वालों ने कुछ पूछा। कर्मचंद ने सोचा शायद, ज्यादा गुस्से में हैं पापा जी। शाम को क्लास लगेगी। पर यह क्या शाम को भी कुछ नहीं हुआ। आस पास के लोगों ने भी कोई बात नहीं की। करमचंद को शायद अब ज्यादा दुख हुआ क्योंकि उसने तो अपने विचारों में एक अलग ही दुनिया बसा ली थी।

केवल एक विचार, कि " घर चलकर देख लेते हैं। लोग कैसा व्यवहार करते हैं"। बस इतने से एक जिंदगी बच गई। रेल से कूदने के बाद शरीर के टुकड़े भी मिलना मुश्किल होते। शायद इतनी दूर से तो डेड बॉडी भी घर न पहुंचती, यदि एक विचार ना आया होता।

एक विचार ने करमचंद की दुनिया बदल दी। सब लोग दूर से ही मन में क्या-क्या सोच लेते हैं। निर्णय भी ले लेते हैं जबकि असलियत वही हो ये जरूरी

तो नहीं होता। लोग विचारों में इतना घुस जाते हैं कि दूसरे क्या सोचते हैं यह निर्णय भी हम खुद ही कर लेते हैं। ऐसा जरूरी तो नहीं कि जैसा आप सोचते हैं वैसे ही दूसरे भी सोच रहे हों। हमेशा जिंदगी में विकल्प खुले रखने चाहिए। आत्महत्या किसी भी तरह का समाधान नहीं होता। हमेशा अंतिम निर्णय लेने से पहले उस पर पुनर्विचार करना चाहिए। पूर्वाग्रह से ग्रस्त निर्णय कभी सही नहीं होते। वरना क्या पता पछताने का मौका भी ना मिले। करमचंद अपने माता-पिता का दुख देखने भी न आ पाता। एक विचार ने उसकी जिंदगी बचा ली।

14– कर भला तो हो भला

आज के कंप्यूटर और 5 जी के युग में कुछ पुरानी बातें या कहावतें झूठी सी लगती हैं। पर कहीं न कहीं उनका अनुभव या सामना हो ही जाता है। लोग आजकल इतने ज्यादा व्यस्त हैं कि उन्हें भलाई या अच्छाई जैसी बातें असंभव सी लगती हैं। आजकल हर कोई अपने फायदे के लिए दूसरे को ठगने, लूटने, मारने और किसी भी हद तक गिरने के लिए तैयार है। धार्मिक ग्रंथों में जो कलियुग का वर्णन है। लगता है घोर कलियुग इसी समय चल रहा है। हो सकता है अब से पहले के लोग अपने समय को घोर कलियुग मानते रहे हों। आने वाले समय में जब अत्याचार, व्यभिचार, भ्रष्टाचार और बढ़ जाए तो उस समय के लोग उसे ही घोर कलियुग मानेंगे। आज के समय को सतयुग कहेंगे। वैसे देखा जाए, आज से पहले क्या युद्ध नहीं होते थे? क्या चोरियां नहीं होती थी? लूट मार नहीं होती थी? क्या लोग भ्रष्ट नहीं थे? थे, पर उनके तरीके रुढ़िवादी थे। जब विकास हुआ तो अपराध के तरीकों का भी विकास हुआ। विकास की बात तक तो ठीक है। पर अपराधियों ने अपराध करने के लिए जो परिभाषाएं बनाई हैं। इस तरीके का विकास अधिक खतरनाक है। जो पृथ्वी की सभ्यता को ही गर्त में धकेल देगा। आज घोर कलयुग हो या आने वाले समय में हो, पृथ्वी का उसके निवासियों द्वारा ही विनाश निश्चित है। खैर जिन्होंने भलाई के खिलाफ पूरी विचारधारा ही बना रखी हो। उन्हें यह सब बातें ढकोसला ही लगेंगी। पर मैंने स्वयं महसूस किया है, खुद ऐसी परिस्थितियों का सामना किया है। मेरा आज भी भलाई, सत्कर्म, परोपकार और नेकी पर पूरा भरोसा है।

बाद उन दिनों की है, जब मैं एक बैंक में हेड कैशियर था। मेरी पोस्टिंग आगरा के एतमादपुर में थी। शादी का सीजन चल रहा था। मैं गांव आया हुआ था। मेरा गांव इटावा जिले में पड़ता था। आज भी गांव में लड़कों की नौकरी लगने के बाद सरपंच से ज्यादा इज्जत हो जाती है। मैं भी गांव में सब का चहेता था। गांव के एक भाई साहब थे, कमलेश। जिनके पास हीरो होंडा मोटरसाइकिल थी। जब भी घर जाता कमलेश की मोटरसाइकिल की सवारी करता। उस दिन भी कमलेश की मोटरसाइकिल से घूमते हुए बहुत लेट हो गया। अंधेरा हो चुका था। मेरे गांव से 5 किलोमीटर दूर, चौराहे पर तब कोई दुकान नहीं थी। एकदम सुनसान इलाका था। इतना वीरान था, कि दिन में भी चोरी और राहजनी हो जाया करती थी। इतना ख़ौफ़ था कि लोग चौराहे से निकलने में कांपते थे। हम लोग ठहरे मुस्टंडे। रात के अंधेरे में भी बेख़ौफ़।

मस्ती में बिना डरे धीरे धीरे चले जा रहे थे कि अचानक एक आदमी मोटरसाइकिल की लाइट के सामने आ गया। यह तो निश्चित है कि वह डरा हुआ रहा होगा। पुरानी घटनाओं से हम लोग इतने आतंकित थे, कि उसमें बदमाश ही नजर आया। कमलेश ने जल्दी से बाइक बंद की। अंधेरा और घुप्प हो गया। कमलेश तो तैयार था हमला करने के लिए। उस आदमी को झपट्टे से दबोच लिया। और गर्दन मरोड़ने की तैयारी करने लगा। पता नहीं क्यों मेरे दिल में हमेशा से किसी को न सताने की इच्छा रहती है। मैंने कमलेश को रोका," पहले पूछ तो लो। कौन है? क्या चाहता है?" कमलेश ने जैसे ही अकड़ कर पूछा ,"कौन हो? और इतने अंधेरे में क्या कर रहे हो?" इतनी झिड़की उस बेचारे के बर्दाश्त से

बाहर थी। उसकी पेशाब निकल गई। पेंट गीला हो गया। गिड़गिड़ाते हुए बोला, " साहब मुझे बारात में जाना था। जिनके यहां से बारात आनी थी, उन्होंने 5:00 बजे इसी चौराहे पर मिलने को बोला था। बारात तो अभी तक नहीं आई। मुझे सुल्तानपुर का रास्ता नहीं पता। जहां बारात जानी है । बुरा फंस गया हूं।" और रोने लगा। उसकी राम कहानी सुनकर कमलेश ने उसे बंधन मुक्त किया।

मैंने कहा, " कोई बात नहीं, हम लोग छोड़ देते हैं। बैठो मोटरसाइकिल पर।" मैं मोटरसाइकिल चलाने लगा। कमलेश ने उसे फिर तेज घुड़की देकर कहा," चल बीच में बैठ।" रही सही कसर अब निकल गई। उसे पूरा भरोसा हो गया, कि वह किडनेप हो चुका है। उस जमाने में उत्तर प्रदेश में किडनैपिंग अपराध की श्रेणी में नहीं आता था। किडनैपिंग तो एक प्रकार धंधा था जो दबंग लोग नेताओं के साथ मिलकर करते थे। किडनैपिंग यदि अपराध होता तो जरूर सरकार उस पर लगाम लगाने की कोशिश करती। दबी खबरों में तो ये भी सुनने को मिलता था कि सरकार खुद किडनैपरों से मिलकर किडनैपिंग करवाती है। सरकार में बैठे लोगों की मजबूरी रहती होगी, मान लो कोई विरोधी घोपचे में नहीं आ रहा है तो इससे आसान क्या तरीका हो सकता है। इसी काण्ड के दौरान काफी समय बर्बाद हो चुका था। अंधेरा घना हो चला था । उस जमाने में बिजली तो आती नहीं थी। चारों तरफ घनघोर अंधेरा। मोटरसाइकिल भी पुरानी, जिसकी लाइट किसी लालटेन से ज्यादा न थी। सड़कें इतनी ऊबड़ खाबड़ थीं , कि कभी-कभी तो हम तीनों के सिर आपस में टकरा जाते थे । कुछ रास्ते तो गांव की पगडंडियों से होकर जाते थे। जहां कहीं-कहीं पानी भी भरा हुआ था। कई बार उन

दो लोगों को उतारकर मोटरसाइकिल में धक्का लगाना पड़ा। आखिरकार गिरते पड़ते, उस गांव की रोशनी दिखाई दी। जिस गांव में उस महानुभाव की भटकती आत्मा, जो बारात के रसगुल्ले की जगह मैयत के मालपुआ में तब्दील होते-होते बची थी। अधिक देर और घर की डांट से बचने के लिए हम लोग, उसे रास्ते पर गांव के बाहर छोड़कर वापस हो लिए। उसका आगे क्या हुआ हमें नहीं पता। घर जाकर भी इस घटना का कोई जिक्र नहीं किया।

कई साल बाद मेरे एक दोस्त, जिसकी बीवी से झगड़ा होने की वजह से , अपने मायके में रहने चली गई थी। समझौते के लिए मुझे ले जाया गया। आज मेरे पास खुद की बाइक थी। दोस्त की ससुराल तो हम लोग समय से पहुंच गए। ससुराल की आवभगत में काफी समय बर्बाद हुआ। जब पति पत्नी के झगड़े के बाद समझौते के लिए आये थे इसलिए विशेष ख्याल रखा गया। हर किसी को डर लग रहा था कहीं कोई भूल हो गई तो फिर बात न बिगड़ जाए।

समझौता होते-होते शाम हो गई । इधर से तो हम दो लोग गए थे । उधर से उनकी पत्नी और उनके साथ ढेर सारा सामान जो कि समझौते के मुआवजे और सहानुभूति के तौर पर मिला था। उन लोगों को तो थोड़ी दूर पर स्थित स्टेशन पर ट्रेन से रवाना किया । इतने दिनों के बाद मिल रहे अधूरे और प्रेम के प्यासे पति पत्नी के बीच में मुझे कबाब की हड्डी नहीं बनना था। मैं चल दिया अपनी फटफटिया से। अहो दुर्भाग्य! कुछ दूर चलने पर मोटरसाइकिल का टायर पंचर हो गया । मैं इतनी दूर निकल चुका था, ना दोस्त की ससुराल वापस जा सकता था न ही घर पहुंच सकता था। यानी कि धोबी का कुत्ता हो गया। न घर का रहा न

घाट का। दूसरी बात और थी, जिसकी ससुराल में जाना था उसके बिना वापस जाना बेवकूफी लग रही थी। पंचर मोटरसाइकिल पर चढ़ तो सकते नहीं। सो पैदल पैदल ही घसीटते चल दिए। लगभग एक किलोमीटर ही खींच पाए होंगे। बैंक में बैठे-बैठे मक्कारी करने वाले हाथ पैरों ने जवाब दे दिया।

आदमी जब सब तरफ से हार जाता है। अपने बूते की सारी कोशिश कर चुकता है। तब परमात्मा को याद करता है। मैंने भी परमात्मा को याद किया और कहा, "हे भगवान, अब तो आप ही मेरी मोटरसाइकिल रुपी नाव पार लगाओ। नहीं तो इस निर्जन ऊसर में भूखे प्यासे रात काटनी पड़ेगी।

इसी उधेड़बुन में सुस्ता रहा था। साइकिल पर आता हुआ, एक आदमी दिखाई दिया । पास आया तो उसने सारी समस्या समझकर कहा, " थोड़ी दूर ही मेरा गांव है, आप थोड़ी दूर और खींच ले चलो। वहीं एक पंचर की दुकान भी है। दुकान तो बंद हो गई होगी । पर उसके घर से बुला लेंगे । जब आपकी मोटरसाइकिल ठीक हो जाए तो रुकना चाहो तो रुक जाना नहीं तो रात में ही चले जाना।

भगवान के भेजे देवदूत ने तो हर समस्या का समाधान एक बार में ही कर दिया था। अंधे को क्या चाहिए दो आंखें। पर स्थिति ऐसी थी कि एक आंख वह भी कैसी भी मिल जाती, तो भी जान में जान आती। पर यहां तो दोनों आंखें ही दे दीं परमात्मा ने । मोटरसाइकिल खींचते हुए उसके पीछे पीछे चल दिया । साथ ही साथ डर भी लग रहा था । कहीं यह लुटेरा ना हो, हमें लूट न ले। मोटरसाइकिल खींचते हुए टेढ़े-मेढे, पतले निर्जन रास्ते से होकर एक छोटे से गांव में पहुंचे। गांव

के बाहर एक गुमटी के सामने मेरी मोटरसाइकिल खड़ी करवा कर, मुझे अपने घर ले चला। जब गांव में पहुंचे तो रोशनी दिखी और उस रोशनी में देवदूत का चेहरा। यह वही भटकती आत्मा था, जिसे मैंने और कमलेश ने बारात वाले गांव छोड़ा था। घर पहुंच कर उसने ठीक से आवभगत की, स्वागत किया। इसी दौरान उसके वृद्ध पिताजी ने मेरा परिचय पूछा। मेरा परिचय सुनकर देवदूत के कान खड़े हो गए। उसे उस रात की घटना याद आ गई। पर मुझे न पहचान सका। बोला, " भाई साहब , बुरा मत मानना आपके गांव की तरफ मैं भी एक बार फंस गया था।" उसने पूरी कहानी बताई पर उसकी कहानी में हम लोग देवदूत ना होकर, डकैत और लुटेरे थे। जिनसे वह किसी प्रकार बच निकला था। मुझे बहुत अजीब लगा क्योंकि हमने तो निस्वार्थ मदद की थी। उसकी निगाह में हम लोग लुटेरे थे। मैंने पूछा , "भाई साहब क्या उन लोगों ने आपकी जेबें टटोली थी या किसी प्रकार कुछ लेने की कोशिश की, आपकी मारपीट की थी क्या?" बोला, "नहीं , सो तो नहीं किया था।" मैने कहा, " फिर किस प्रकार आपने मान लिया कि वे लोग लुटेरे थे।" बोला, " इसलिए क्योंकि मुझे गांव की बाहर छोड़ा था। गांव में नहीं गए शायद पहचान लिए जाते।" मैंने कहा, " यह भी तो हो सकता है घर के लिए लेट हो रहे हों। और आपके रिश्तेदारी में बिना बुलाए मेहमान बनकर खातिरदारी न करवाना चाहते हों, रसगुल्ला न खाना चाहते हों।"

शायद उसके पिताजी को बात समझ में आ गई। बोले, "ठीक कहते हो बेटा, जिन्होंने तुम्हारी जान बचाई। उन्ही पर दोषारोपण करते शर्म नहीं आती। यदि वे न मिल जाते तो पता नहीं कहां काट दिए जाते। ऊपर वाले का और उन

दोनों देवदूत की प्रशंसा नहीं कर सकते तो बुराई भी ना करो।" अब मेरे मन में तसल्ली हुई, कि मैंने उस गलतफहमी के शिकार व्यक्ति को सही राह दिखा दी। आज मुझे उसी भलाई का लाभ मिला जो अतीत में मैने उस अजनबी के साथ की थी। इसीलिए कहते हैं, अच्छा अच्छा बोते रहो, कभी न कभी अच्छाई की फसल काटने को मिलेगी।

15– खुद्दार रिक्शे वाला

एक बार मेरी ड्यूटी आगरा थाने में थी। कई दिन तक रुकने की वजह से बहुत लोगों से दोस्ती हो गई। उन्हीं लोगों में एक त्रिपाठी जी थे। जो धर्म-कर्म में खूब विश्वास करते और कहते, " परमात्मा हमेशा आपके साथ रहता है, बस भरोसा होना चाहिए। परमात्मा आपके साथ कभी अन्याय नहीं होने देगा । कुछ अनहोनी भी हो तो उसे परमात्मा का आशीर्वाद समझकर ग्रहण कर लेना चाहिए।" उनकी इन बातों का मेरे ऊपर विशेष प्रभाव पड़ा। मैं भी पूजा पाठ करने लगा। एक दिन उन्होंने कहा, " घर से वृंदावन आना मुश्किल है, यहां से केवल 100 किलोमीटर दूर है । चलते हैं गोवर्धन की परिक्रमा करेंगे और वृंदावन में बांके बिहारी जी के दर्शन करके वापस आ जाएंगे ।"

विचार तो हमें भी उत्तम लगा , पर दुर्भाग्य बस मुझे तेज बुखार था। त्रिपाठी जी बोले, "अरे चलो, बांके बिहारी जी ठीक कर देंगे। वही पार लगाएंगे।" त्रिपाठी जी ने बात इतनी दमदारी और भरोसे के साथ बोली कि मैं भी अपना स्वास्थ्य भूलकर बैग पैक करने लगा। उसी दिन शाम को हम लोग गोवर्धन में थे । दिन में तेज धूप होने की वजह से परिक्रमा रात में ज्यादा ठीक रहती है। बिना कोई दवा खाए इस तेज बुखार में, मैं और त्रिपाठी जी परिक्रमा प्रारंभ कर रहे थे।

जब हम घर से चले थे तो मुझे लगा था, ऐसा ना हो कहीं परिक्रमा अकेले ही करनी पड़ जाए। मुझे गिरिराज जी महाराज की परिक्रमा लगाने वालों की संख्या का कोई पूर्वानुमान नहीं था। ऐसे में मेरा सोचना लाजिमी था कि

अकेले अकेले 21 किलोमीटर कैसे चला जाएगा । यहां पहुंचे तो देखा परिक्रमा करने वालों की काफी भीड़ थी। लोगों ने बताया यहां अक्सर इतनी ही भीड़ रहती है। विशेष अवसर जैसे कोई त्यौहार है या हर महीने की पूर्णिमा को तो यहां पर भारी भीड़ होती है। हर तरफ एक ही नजारा था, सभी लोग बिना जूते चप्पल यानी नंगे पैर दौड़े चले जाते थे। कृष्ण भगवान के अलग-अलग नाम से जयकारा लगाते। कुछ लोग भजन गाते हुए चले जाते। जिनकी टोलियां होती , वे टोलियों में गा रहे थे। कुछ लोग 'राधे-राधे' बोलते, दूसरे लोग 'श्याम मिला दे' का जवाब देते । इसी प्रकार चारों तरफ भगवानमय माहौल था त्रिपाठी जी बोले पहला विश्राम चूतरटेका में करेंगे। पहले तो मुझे लगा त्रिपाठी जी कुछ मजाक कर रहे हैं। उनके बार-बार चूतरटेका बोलने पर मैंने पूछ ही लिया, "मामला क्या है" । त्रिपाठी जी ने कुछ ठीक से जवाब ना दिया। बस इतना ही बोले, " जल्दी चलो, चाल बढ़ाओ तो खुद देख लो।

कहां तो मैं हार रहा था, (परिक्रमा में थकने को हारना बोलते हैं, थकना नहीं बोला जाता है) और इस चूतरटेका की ऐसी जिज्ञासा लगी कि पैर सवाए पड़ने लगे। गोवर्धन यात्रा में न थकने और निराश न होने के लिए केवल श्रद्धा ही काफी नहीं है बल्कि पूरे रास्ते भर चाय नाश्ते की दुकाने हैं । और उन दुकानों पर आकर्षक धुन और स्वर में बजते गाने भी हैं । जो आपको पूरी परिक्रमा के दौरान तरोताजा रखते हैं।

सभी लोग जयकारा बोल रहे थे। पर मेरे मन में बस चूतरटेका के रहस्य को जानना था । आखिरकार हम उस स्थान पर पहुंच गए जहां पर एक बोर्ड लगा था

जिस पर लिखा था "चूतर टेका"। त्रिपाठी जी ने बताया कि चूतर टेका परिक्रमा के ठीक आधी दूरी तय करने पर आता है। अक्सर लोग यहां विश्राम करते हैं। फिर ही आगे यात्रा प्रारंभ करते हैं। करीब 6-7 घंटे में हमने परिक्रमा पूरी की। और राधा कुंड में स्नान करके गौरीकुंड और गिर्राज जी महाराज के दर्शन किए। पूरी यात्रा इतनी भक्तिमय थी कि मेरे बुखार का कोई अता पता नहीं था। परिक्रमा के बाद हमने वृंदावन में बांके बिहारी जी के दर्शन किए। त्रिपाठी जी को यहां से दूसरी जगह जाना था और मुझे वापस आगरा।

आगरा पहुंचते पहुंचते, मुझे इस कदर बुखार चढ़ा की एक कदम भी कोसों चलने के बराबर था। बस से उतरकर सड़क के किनारे एक पेड़ की छांव में लेट गया। कब नींद आ गई या बेहोश हो गया पता ही नहीं चला। ठीक दोपहर में मेरी नींद खुली। प्यास की वजह से मेरा गला सूख रहा था। लगता था जैसे आज मेरा यह अंतिम दिन है। पूरी सड़क सुनसान थी। शायद इधर से कोई रिक्शा या ऑटो भी नहीं निकल रहा था। पैदल चलना तो असंभव था। और एक बात बताना भूल गए, मेरे कमरे की चाबी त्रिपाठी जी के बैग में चली गई थी। इसलिए मुझे आज किसी दूसरे मित्र के घर आश्रय लेना था। खुद के मरने की आशंकाएं जब सच्ची होती दिख रही थी। तभी मुझे गिरिराज जी महाराज की याद आई। पूरे मन से मैंने प्रार्थना की। हे भगवान! आज मेरी मदद करो नहीं तो बुखार और प्यास से यहीं दम तोड़ दूंगा। इतने में मुझे खटपट की आवाज सुनाई दी। मैंने करवट बदल कर देखा तो एक रिक्शा आ रहा था। हाथ हिलाया तो रिक्शा मेरे पास ही आकर

रुका। वर्मा जी का घर भगवान टॉकीज के पास था। जिसका किराया दो रुपए तय हुआ। उस जमाने में दो रुपए भी आज के 200 के बराबर थे।

वर्मा जी के घर पहुंचे तो पता चला कि वह तो सपरिवार शिमला घूमने निकल गये हैं। अब तो एक नई मुसीबत खड़ी हो गई। यहां से हमें राव साहब के घर जाना था। राव साहब का घर यहां से ठीक आधी दूरी पर था जितना चल कर आए थे। रिक्शे वाले भाई साहब को हमने कुल तीन रुपए देने का वादा किया और चल दिए राव साहब के घर।

राव साहब के घर पहुंच कर मैंने तीन रुपए निकाल कर रिक्शा वाले भाई साहब को दिए। तो उसने एक रुपया वापस किया और चल दिया। मुझे लगा यह भूल गया। मैंने उसे याद दिलाया, भाई साहब आप भूल रहे हैं, तीन रुपए की बात हुई थी। रिक्शा वाले से विवाद होता देखकर काफी भीड़ इकट्ठा हो गई। माजरा सुनकर हर आदमी चौंक जाता। रिक्शा वाले का एक ही तर्क था, भगवान टॉकीज पर आपके जानने वाले नहीं मिले तो क्या हुआ बात तो दो रुपए में हुई थी। मुझे केवल दो रुपए ही चाहिए। जब बात नहीं बनी तो हमने उनसे खाना खाने की पेशकश की। वह भी ना माने। काफी निवेदन करने पर एक सिगरेट पीने के लिए तैयार हुए।

आज के समय में जब हर कोई दूसरे को ठगने, लूटने, धोखा देकर पैसा कमाने में लगा है। लोगों की सोच स्वार्थ के सिवा कुछ ना रह गई है। लोग येन केन प्रकारेण पैसा कमान चाहते हैं। ऐसे में एक रिक्शावाला जो बमुश्किल अपना और अपने परिवार का पेट पालता होगा। वही इतना साहस दिखा सकता

है। तीन रुपए की जगह दो रुपए ही ले। पैसे वालों को दूसरों की जमीन हड़पते, घर लूटते, कब्जे करते बहुत देखा होगा। इतना खुद्दार तो एक रिक्शावाला ही हो सकता है। पढ़े-लिखों की नैतिकता का पतन हो रहा है। इसलिए गरीबों ने ईमानदारी का बीड़ा उठाया हुआ है।

16– ढोंगी बिल्ला

कानपुर के पास एक गांव में एक आदमी रहता है। उसी गांव में कभी मेरा भी परिवार रहा करता था । उस आदमी का असली नाम किसी को नहीं मालूम पर लोग उसे 'भगत' कहते हैं। उसे भगत बुलाने के पीछे, उसका कर्मकाण्डी होना है। भगत प्रतिदिन सुबह उठकर समर्शिबल स्टार्ट कर देता है। जो कि पूरे दिन अनवरत चलता है । उसे पानी कितने लीटर इस्तेमाल करना है, यह प्रश्न ही नहीं है। हजारों लीटर पानी बर्बाद करना जैसे उसे अनिवार्य लगता है। गंगा जमुना के बीच के दोआब में, जहां पीने का पानी समुचित उपलब्ध है। इसे रेगिस्तान बनाने का उसने ठेका ले रखा है। शायद उसने अपने जीते जी अपनी अगली पीढ़ी को जल विहीन करने की कसम खा रखी हो। खैर, सुबह नहा धो कर रामचरितमानस पढ़ने बैठता है। और पूरे जोर से, धुन में चौपाइयां पढता है। मानस पाठ के दौरान किसी की क्या मजाल जो उससे बात भी कर सके। इतने ध्यान से तो शायद बगुला भी तालाब में मछलियों के लिए ध्यान न लगाता हो। ये तो बगुला भगत होते हुए भी लोगों में विशेष सम्मान ग्रहण करता है, और मौका मिलने पर जरूर शिकार करता है। हो सकता है जोर से पढ़ने और धुन में पढ़ने से भगवान जल्दी सुन लेता हो। सुबह पूजा पाठ करके तिलक वंदन लगाकर , अपने काम पर निकलता है। खास बात, वह पंडित नहीं है। उस जाति से है जिस जाति का पंडितों ने सबसे ज्यादा शोषण किया। इसलिए वह शायद इस पुरानी परंपरा का निर्वहन

करता है। भगत जी का व्यवसाय और उनकी दिनचर्या के बारे में बाद में बात करते हैं। पहले उनके अतीत (इतिहास) के बारे में बात कर लेते हैं।

एक बार एक रिश्तेदार मेरे घर आए। उन्होंने इन भगत जी के दर्शन किए। उनकी धर्म चर्चा और सत्संग की बातें सुनी। उनकी अक्सर होने वाली तीर्थ यात्राओं के बारे में सुना। इतने प्रभावित हुए कि भगत जी को अपने घर आने का निमंत्रण दे आए। शाम को पापा जी से बात करते हुए बोले, "डॉक्टर साहब, आपके गांव में एक धर्मात्मा रहते हैं। वह तो साक्षात परमात्मा स्वरुप हैं। कितने पुजारी हैं। भले मानस हैं। बुराई तो जैसे उनसे कोसों दूर अपने झोपड़े में रो रही होगी। हो सकता है परमात्मा से उनका साक्षात्कार भी हो चुका हो। ऐसे देवता आदमी को अपने घर बुलाकर उनके चरण कमलों से अपने घर को पवित्र कर लेना चाहता हूं।"

पापा जी बोले, "घर पवित्र करवाना चाहते हो या अपना घर, जमीन और जोरू से मोह भंग हो चुका है। रिश्तेदार बोले, "अभी तो नहीं हुआ लेकिन इन धर्मात्मा के सान्निध्य में रहा तो जरूर हो जाएगा। पापा जी बोले, "मोह भंग तो तब न होगा, जब आपकी बचेगी। एक बार घर बुलाकर देख लो, घर और जमीन के लिए तो कोर्ट के पास कमरा किराए पर लेना पड़ेगा बची जोरू जो घर पर अकेली रह जाएगी उसे भगत जी संभाल लेंगे। रिश्तेदार क्रोधित होते हुए बोले, "लगता है गांव का होने के नाते आप का उन से कोई विरोध है। इसलिए उनके बारे में इतना अनाप-शनाप बक रहे हो।"

मेरे रिश्तेदार इतने प्रभावित थे, कि शायद गू खा कर ही मानने वाले थे। पर मेरे पापा जी ठहरे भले मानस जिन्हें समाज सेवा और अक्ल बताने के कीड़े ने काट रखा था । बोले, "इसका मतलब भगत जी का इतिहास और वर्तमान विस्तृत सुनाना पड़ेगा। तो सुनो,

"इस गांव में करीब 50 साल पहले एक रोशन लाल आए। बिल्कुल फटेहाल, अस्त व्यस्त और डरे हुए। जिनके साथ एक महिला थी। जिसके गोद में दो साल का बच्चा था। उनका मेहमानों जैसा स्वागत हुआ। रहने के लिए एक कोने में थोड़ी सी जगह दी गई। सब के सहयोग से एक झोपड़ी बन गई। सभी लोग समझ रहे थे, कि बच्चा भी उन्हीं का है। बाद में पता चला रोशन लाल उस औरत को 2 साल के बच्चे के साथ भगाकर लाए थे। यही 2 साल का बच्चा आज का 'भगत जी' है। भगत जी को पहले मंटोला कहकर बुलाते थे। मंटोला को दूध तो नसीब नहीं था। मांगी हुई सूखी रोटियों से उसका पेट निकल गया था। जिसकी वजह से बेडौल हो गया और लोग उसे मंटोला कहने लगे। यही मंटोला बड़े होकर, भगत जी बना और उसने धीरे-धीरे पूरे गांव से अपने तरीके से बदला लेना शुरू किया।

मंटोला ने गांव में किसी से कभी लड़ाई नहीं की। हर किसी के, दिन में जितनी बार मिलता उतनी बार पैर छूता, मीठी-मीठी बातें करता। मीठी-मीठी बातें करते-करते उसके पास स्थाई गांव के किसी भी निवासी से ज्यादा बड़ा घर हो गया , ज्यादा जमीन हो गई, ज्यादा सुंदर बीवी भी मिल गई। यानी की अच्छी शादी हो गई। उसने धर्म का लोगों की स्वार्थपरता और चापलूस पसंदी का सही

इस्तेमाल किया। साम, दाम, दंड, भेद, हर तरीके से उसने गांव की जमीन और जगह पर कब्जा करना जारी रखा। कहने को तो कभी सब्जी की, कभी घरेलू सामानों की फेरी लगाता। पर फेरी लगाने के दौरान भी उसकी निगाह गांव ही नहीं आसपास के गांव में भी जो जमीन , ग्राम समाज की या सरकारी पड़ी होती उस पर लगी रहती। और मौका लगते ही कब्जा कर लेता। उसकी चापलूसी और धूर्तता की वजह से कोई उसका विरोध न कर सकता था।

धीरे-धीरे उसने इसी चापलूसी के दम पर अपने बच्चों को सरकारी नौकरी भी दिलवाई। आज की तारीख में अपने एक लड़के, जो किसी महत्वपूर्ण पद पर है, की सहायता से सरकारी कार्यालय में सिफारिश लगवाने और दलाली का काम भी करता है। गांव में कई लोगों के घरों पर उसने दावा ठोंक रखा है, कि घर मेरी जमीन पर बनाया हुआ है। जो आदमी इस गांव में भाग कर आया, उस आदमी के पास सबसे ज्यादा जगह होने के बावजूद मूलनिवासियों के घरों पर दावा है कि उसकी जमीन पर लोगों ने घर बना लिया है।

सुबह की पूजा पाठ के बाद उसका काम केवल कोर्ट तक जाना और इन्हीं मुकदमों के लिए तिकड़म लगाना है। उसकी इसी तिलक, वंदना, और कर्मकांड की वजह से लोग धोखा खा जाते हैं। उसके विचार में किसी भी प्रकार से किसी की भी कोई हानि पहुंचा कर, या परेशान करके नरक का भागी बनना पड़ता है। पर यह सब बातें वह खुद पर लागू नहीं करता। और तो छोड़िए मुझे भी कई बार, बड़ी-बड़ी रकम से ठग चुका है। फिर भी हर बार उसकी चापलूसी और पैर चप्पी में आकर मदद कर देता हूं। बाद में मेरे रुपए टुकड़ों में वापस मिलते हैं।

पापा जी से सारा वृत्तांत सुनकर मेरे रिश्तेदार भौंचक्के रह गए। बोले, "मैं तो उनका निमंत्रण भी कर आया। वह तो किसी भी दिन मेरे घर पहुंच जाएंगे।" पापा जी बोले, "अब आपने देवता का निमंत्रण किया है तो प्रसाद तो लगेगा। कोशिश करना कि सस्ते में निपट जाओ और हां अभी कहानी खत्म नहीं हुई है। आगे इनसे सुनो, ये भी कुछ प्रसाद पा चुके हैं।" पापा जी ने मेरी तरफ इशारा किया। मैंने भी स्वभोगी हुई कथा सुनाई।

एक दिन दुकान पर कुछ ध्यान मग्न सा बैठा हुआ था। अचानक भाई साहब ने कहा, "जल्दी चलो, चौराहे पर एक प्लॉट के कब्जे का कुछ मामला है। चलोगे तो हो जाएगा। सब लोग चल रहे हैं। दबाव भी बनेगा। कुछ लोग नाजायज कब्जा कर रहे हैं।" मैंने गाड़ी ली और चल दिया। दुर्भाग्यवश पूछना भूल गया कि प्लॉट किसका है, और कौन कब्जा कर रहा है। भूल इसलिए हुई क्योंकि चौराहे पर भाई साहब और मेरा भी प्लॉट है। मुझे लगा कोई इन्हीं में से होगा। वहां पहुंच कर देखा, काफी भीड़ है। हर तरफ चहल पहल है, पुलिस भी है। लोग दंगा होने या लड़ाई होने की आशंका व्यक्त कर रहे हैं। लोगों में चर्चा हो रही थी, "कोई भगत जी हैं , लगता तो पंडित है, पर यादव है। यहां पर प्लॉट लिया था, दो बार झगड़ा करके थोड़ी-थोड़ी जगह बढ़ा चुका है। अब और चाहता है। यहां सब घर और जमीन शाक्य लोगों की है। शाक्य लोग जो दिन रात खेतों में अपनी साग सब्जियों की निराई गुड़ाई में लगे रहते हैं। उन्हें न तो दीन दुनिया के लिए फुर्सत है, न मतलब। अब मामल ऐसा फंस गया है, यदि खेत की निराई गुड़ाई को देखते हैं तो पूरे खेत से ही है हाथ धोना पड़ेगा।"

इसलिए सब एकजुट होकर इस आपदा का सामना करने के लिए इकट्ठे हुए हैं। प्लॉट ऐसी जगह पर था जिसके आसपास शाक्य लोगों के घर थे। रोड से सीधे प्लॉट तक जाना संभव नहीं था। एक शाक्य जी के घर के बीच से होकर प्लॉट तक पहुंचा जा सकता था भगत जी को शाक्य जी के घर के बीच से रास्ता चाहिए था। जो कैसे संभव था। पर भगत जी के लिए कुछ भी असंभव नहीं था। शाक्य लोग एकजुट होने के बावजूद डरे डरे नजर आ रहे थे। भगत जी अकेले और निडर। भगत जी का खोने के लिए कुछ नहीं था। यदि इस विवाद में जो कुछ हाथ आ जाए वही परमात्मा का प्रसाद समझकर ग्रहण कर लेना था। शाक्य जी अपनी ही जगह बचाने के लिए संघर्षरत थे।

भगत जी का मामला जानकर हमने भाई साहब से कहा, "भाई साहब आपने कहां फंसा दिया। इन लोगों में पापा जी का बहुत सम्मान है। भगत पूरी तरह से अनीति कर रहा है। गरीब लोगों की जमीन पर कब्जा कर रहा है। यह लोग क्या सोचेंगे , डॉक्टर साहब का लड़का भी इस बेईमान की मदद करने आ गया। शाक्य जी से मिल लिया जाए जिनके घर पर भगत कब्जा करना चाहता है।

लोगों से पूछा तो पता चला अभी बैठक में किसी से बात चल रही है, थोड़ी देर रुक जाओ। इस इंतजार में मानो मुझे इतना कष्ट हो रहा था , जैसे सभी लोग मुझे ही देख रहे हों। मैं ही अनीति का भागीदार बन रहा हूं। मेरी वजह से यह सब हो रहा हो। मुझे बहुत आत्मग्लानि हो रही थी। काफी इंतजार के बाद बैठक में घुसने का मौका मिला तो क्या देखते हैं, पापा जी स्वयं भगत के पक्ष में शाक्य समाज को मना रहे हैं। मेरे तो पैरों तले जमीन खिसक गई। पापा जी जैसा

नीतिवादी, स्पष्टवादी, भला आदमी इस शोषणकारी का समर्थन कैसे कर सकता है। पापा जी से वहां कुछ पूछना भी असंभव था। वहां से भागा और उन लोगों की महिलाओं से मुखातिब होते हुए, हाथ जोड़कर बोला, "चाची जी मैं अनजाने में यहां तक आ गया। मैं इस अनीति का बिल्कुल साथ नहीं दे रहा। यहां तक आने के लिए मुझे माफ कर देना। चाची बोलीं, "बेटा, जैसे भी हो इस बला को यहां से टालो। इस प्लॉट को कितने भी दाम में हम लोगों को खरीदना पड़े, अपना सारा जेवर बेचकर सब लोग मिलकर इस प्लॉट को खरीदेंगे। पर इस आपदा को यहां से ले जाओ।" मैं कर भी क्या सकता था। बड़े भारी मन से घर आ गया। शाम को पापा जी से वहां होने का कारण पूछा तो बोले, "मुझे भी उस दुष्ट की बातों का भरोसा कैसे हो जाता है, पता नहीं। शायद पूजा पाठ से उसने किसी देवता को सिद्ध कर लिया है उसने मुझे बताया था, 'मेरे साथ अनीति हो रही है। प्लॉट पर कब्जा नहीं करने दिया जा रहा है'। इसलिए मैं चला गया।"

भगत जी का पूरा जीवन वृतांत सुनकर मेरे रिश्तेदार थर थर कांप रहे थे। अपने आप को उस ढोंगी बिल्ले का निमंत्रण करने के लिए कोस रहे थे।

---

www.ingramcontent.com/pod-product-compliance
Lightning Source LLC
LaVergne TN
LVHW100324210926
848480LV00003B/1249

* 9 7 9 8 9 0 2 0 7 0 0 3 0 *